向阳而美

沈从文 著

中国画报出版社·北京

风俗之美

- 003/ 昆明冬景
  ——又名《在昆明的时候》
- 011/ 雪晴
- 021/ 云南看云
- 030/ 鸭窠围清晨
- 035/ 窄而霉斋闲话

生命、语言之美

- 043/ 生命
- 047/ 潜渊
- 053/ 烛虚
- 083/ 长庚

090/ 水云
——我怎么创造故事，故事怎么创造我

131/ 抽象的抒情

143/ 我的写作与水的关系

148/ 生之记录

 器物之美

167/ 古代镜子的艺术

179/ 谈写字（二）

189/ 《艺术周刊》的诞生

199/ 鱼的艺术

207/ 中国古代陶瓷

220/ 扇子史话

228/ 中国古玉

238/ 故宫的建筑

243/ 塔户剪纸花样

风俗之美

美是不固定无界限的名词，凡事、凡物对一个人能够激起情绪、引起惊讶、感到舒服，就是美。

——沈从文

昆明冬景

——又名《在昆明的时候》

新居移上了高处,名叫北门坡,从小晒台上可望见北门门楼上用虞世南体写的"望京楼"的匾额。上面常有武装同志向下望,过路人马多,可减去不少寂寞。住屋前面是个大敞坪,敞坪一角有杂树一林。尤加利树瘦而长,翠色带银的叶子,在微风中荡摇,如一面一面丝绸旗帜,被某种力量裹成一束,想展开,无形中受着某种束缚,无从展开。一拍手,就常常可见圆头长尾的松鼠,在树枝间惊窜跳跃。这些小生物又如把本身当成一个球,在空中抛来抛去,俨然在这种抛掷中,能够得到一种快乐,一种从行为中证实生命存在的快乐。且间或稍微休息一下,四处顾望,看看它这种行为能不能够引起其他生物的注意。或许会发现,原来一切生物都各有它的心事。那个在晒台上拍手的人,眼光已离开尤加利树,向天空凝眸了。天空一片明蓝,别无他物。这也就是生物中之一种,"人",多数人中

◎《摹兰亭序卷》 唐　虞世南

一种人对于生命存在的意义，他的想象或情感，目前正在不可见的一种树枝间攀援跳跃，同样略带一点惊惶，一点不安，在时间上转移，由彼到此，始终不息。他是三月前由沅陵独自坐了二十四天的公路汽车，来到昆明的。

敞坪中妇人孩子虽多，对这件事却似乎都把它看得十分平常，从不曾有谁将头抬起来看看。昆明地方到处是松鼠。许多人对于这小小生物的知识，不过是把它捉来卖给"上海人"，值"中央票子"两毛钱到一块钱罢了。站在晒台上的那个人，就正是被本地人称为"上海人"，花用中央票子，来昆明租房子住家工作过日子的。住到这里来近于凑巧，因为凑巧反而不会令人觉得稀奇了。妇人多受雇于附近一个小小织袜厂，终日在敞坪中摇纺车纺棉纱。孩子们无所事事，便在敞坪中追逐吵闹，拾捡碎瓦小石子打狗玩。敞坪四面是路，时常有无家狗在树林中垃圾堆边寻东觅西，鼻子贴地各处闻嗅，一见孩子们蹲下，知道情形不妙，就极敏捷的向坪角一端逃跑。有时只露出一个头来，两眼很温和的对孩子们看着，意思像是要说："你玩你的，我玩我的，不成吗？"有时也成。那就是一个卖牛羊肉的，扛了个木架子，带着官秤，方形的斧头，雪亮的牛耳尖刀，来到敞坪中，搁下架子找寻主顾时。妇女们多放下工作，来到肉架边讨价还钱。孩子们的兴趣转移了方向，几只野狗便公然到敞坪中来。先是坐在敞坪一角便于逃跑的地方，远远的看热闹。其次是在一种试探形式中，慢慢的走近人丛中来。直到忘形挨近了肉架边，被那羊屠户见着，扬起长把手斧，大吼一声"畜生，走开！"，方肯略略走开，站在人圈子外边，用一种非常诚恳非常热情的态度,略微偏着颈,欣赏肉架上的前腿后腿,以及后腿末端那条带毛小羊尾巴,和搭在架旁那些花油。意思像是觉得不拘什么地方都很好,都无话可说,因此它不说话。它在等待,无望无助的等待。照例妇人们在集群中向羊屠户连嚷带笑,加上各种"神明在上,报应分明"的誓语,这一个证明实在赔了本,那一个证明买了它家用的秤并不大,好好歹歹作成了交易,过了秤,数了钱,得钱的走路,得肉的进屋里去,把肉挂在悬空钩子上。孩子们也随同进到屋里去时,这些狗方趁空走近,把鼻子贴在先前一会搁肉架的地面闻嗅闻嗅。或得到点骨肉碎渣,一口咬住,就忙匆匆向敞坪空处跑去,或向尤加利树下跑去。树上正有松鼠剥果子吃,果子掉落地上。"上海人"走过来拾起嗅嗅,有"万金油"气味,微辛而芳馥。

早上六点钟,阳光在尤加利树高处枝叶间敷上一层银灰光泽。空气寒冷而清爽。敞坪中很静,无一个人,无一只狗。

几个竹制纺车瘦骨伶精的搁在一间小板屋旁边。站在晒台上望着这些简陋古老工具,感觉"生命"形式的多方。敞坪中虽空空的,却有些声音仿佛从敞坪中来,在他耳边响着。

"骨头太多了,不要这个腿上大骨头。"

"嫂子,没有骨头怎么走路?"

"曲蟮有不有骨头?"

"你吃曲蟮?"

◎《冬景图卷》（局部） 明 蒋嵩

"哎哟，菩萨。"

"菩萨是泥的木的，不是骨头做成的。"

"你毁佛骂佛，死后入三十三层地狱，磨石碾你，大火烧你，饿鬼咬你。"

"活下来做屠户，杀羊杀猪，给你们善男信女吃，做赔本生意，死后我会坐在莲花上，直往上飞，飞到西天一个池塘里洗个大澡，把一身罪过一身羊臊血腥气洗得干干净净！"

"西天是你们屠户去的？做梦！"

"好，我不去让你们去。我们做屠户的都不去了，怕你们到那地方肉吃不成！你们都不吃肉，吃长斋，将来西天住不下，急坏了佛爷，还会骂我们做屠户的不会做生意。一辈子做赔本生意，不光落得人的骂名，还落个佛的骂名。肉你不要我拿走。"

"你拿走好！肉臭了看你喂狗吃。"

"臭了我就喂狗吃，不很臭，我把人吃。红焖好了请人吃，还另加三碗包谷烧酒，怕不有人叫我做伯伯、舅舅、干老子。许我每天念《莲华经》一千遍，等我死后坐朵方桌大金莲花到西天去！"

"送你到地狱里去，投胎变一只蛤蟆，日夜呱呱呱呱叫。"

"我不上西天，不入地狱。忠贤区区长告我说，姓曾的，你不用卖肉了吧，你住忠贤区第八保，昨天抽壮丁抽中了你，不用说什么，到湖南打仗去。你个子长，穿上军服排队走在最前头，多威武！我说好，什么时候要我去，我就去。我怕无常鬼，日本鬼子我不怕。派定了我，要我姓曾的去，我一定去。"

"××××××××××"

"我去打仗，保卫武汉三镇。我会打枪，我亲哥子是机关枪队长！他肩章上有三颗星，三道银边！我一去就要当班长，打个胜仗，我就升排长。打到北平去，赶一群绵羊回云南来做生意，真正做一趟赔本生意！"

接着便又是这个羊屠户和几个妇人各种赌咒的话语。坪中一切寂静。远处什么地方有军队集合、下操场的喇叭声音，在润湿空气中振荡。静中有动。他心想："武汉已陷落三个月了。"

屋上首一个人家白粉墙刚刚刷好，第二天，就不知被谁某一个克尽厥职的公务员看上了，印上十二个方字。费很多想象把意思弄清楚了。只中间一句话不大明白，"培养卫生"。

好像是错了两个字。这是小事。然而小事若弄得使人糊涂，不好办理，大处自然更难说了。

带着小小铜项铃的瘦马，驮着粪桶过去了。

一个猴子似瘦脸嘴人物，从某个人家小小黑门边探出头来，喊"娃娃，娃娃"，娃娃不回声。他自言自语说道："你哪里去了？吃屎去了？"娃娃年纪已经八岁，上了学校，可是学校因疏散下了乡，无学校可上，只好终日在敞坪煤堆上玩。

"煤是哪里来的？""地下挖来的。""作什么用？""可以烧火。"

娃娃知道的同一些专门家知道的相差并不很远。那个上海人心想："你这孩子，将来若可以升学，无妨入矿冶系。因为你已经知道煤炭的出处和用途。好些人就因那么一点知识，被人称为专家，活得很有意义！"

娃娃的父亲，在儿子未来发展上，却老做梦，以为长大了应当作设治局长，督办。照本地规矩，当这些差事很容易发财。发了财，买下对门某家那栋房子。上海人越来越多，租房子肯出大价钱，押租又多。放三分利，利上加利，三年一个转。想象因之丰富异常。

做这种天真无邪好梦的人恐怕正多着。这恰好是一个地方安定与繁荣的基础。

提起这个会令人觉得痛苦是不是？不提也好。

因为你若爱上了一片蓝天，一片土地，和一群忠厚老实人，你一定将不由自主的嚷："这不成！这不成！天不辜负你们这群人，你们不应当自弃，不应当！得好好的来想办法！你们应当得到的还要多，能够得到的还要多！"

于是必有人问："先生，你这是什么意思？在骂谁？教训谁？想煽动谁？用意何在？"

问的你莫名其妙，不特对于他的意思不明白，便是你自己本来意思，也会弄糊涂的。话不接头，两无是处。你爱"人类"，他怕"变动"。你"热心"，他"多心"。

"美"字笔画并不多，可是似乎很不容易认识。"爱"字虽人人认识，可是真懂得它的意义的人却很少。

雪晴

••

    竹林中一片斑鸠声，浸入我迷蒙意识里。一切都若十分陌生又极端荒唐。这是我初到"高枧"地方第二天一个雪晴的早晨。

    我躺在一铺楠木雕花大板床上，包裹在带有干草和干果香味的新被絮里。细白麻布帐子如一座有顶盖的方城，在这座方城中，我已甜甜的睡足了十个钟头。昨天在二尺来深雪中走了四五十里山路的劳累已恢复过来了。房正中那个白铜火盆，昨夜用热灰掩上的炭火，不知什么时候已被人拨开，加上了些新栗炭，从炭盆中小火星的快乐爆炸继续中，我渐次由迷蒙渡到完全清醒。我明白，我又起始活在一种现代传奇中了。

    昨天来到这里以前，几个人几只狗在积雪被覆的溪涧中追逐狐狸，共同奔赴蹴起一阵如云如雾雪粉，人的欢呼兽的低嗥所形成一种生命的律动，和午后雪晴冷静景物相配衬，那个动人情景再现到我的印象中时，已如离奇的梦魇。加上初初进到村子里，从融雪带泥的小径，绕过了碾坊、榨油坊，以及夹有

◎《燕山八景图》 西山晴雪 清 张若澄

融雪寒意半涧溪水如奔如赴的小溪河迈过，转入这个有喜庆事的庄宅。在灯火煌煌笳鼓竞奏中，和几个小乡绅同席对杯，参加主人家喜筵的热闹，所得另外一堆印象，增加了我对于现实处境的迷惑。因此各个印象不免重叠起来。印象虽重叠却并不混淆，正如同一支在演奏中的乐曲，兼有细腻和壮丽，每件乐器所发出的每个音响，即使再低微也异常清晰，且若各有位置，独立存在，一一可以摄取。新发酵的甜米酒，照规矩连缸抬到客席前，当众揭开盖覆，一阵子向上泛涌泡沫的滋滋细声，却不曾被院坪中尖锐呜咽的唢呐声音所淹没。屋主人老太太，银白头发上簪的那朵大红山茶花，在新娘子十二幅大红绉罗裙照映中，也依然异样鲜明。还有那些成熟待年的女客人，共同浸透了青春热情黑而有光的眼睛，亦无不如各有一种不同分量压在我的记忆上。我眼中被屋外积雪返光形成一朵紫茸茸的金黄镶边的葵花，在荡动不居情况中老是变化，想把握无从把握，希望它稍稍停顿也不能停顿。过去印象也因之随同这个而动荡、鲜明、华丽，闪闪烁烁摇摇晃晃。

眼中的葵花已由紫和金黄转成一片金绿相错的幻画，还正旋转不已。

……筵席上凡是能喝的，都醉倒了。住处还远应走路的，点上火燎唱着笑着回家了。奏乐帮忙的，下到厨房，用烧酒和大肉丸子肥腊肉肿了脖子，补偿疲劳，各自方便，或抱了大捆稻草，钻进空谷仓房里去睡觉，或晃着火把，上油坊玩天九牌过夜去了，我自然也得有个落脚处。一家之主的老太太，站在厅堂前面，张罗周至的打发了许多事情后，就手抖抖的，举起一个芝麻秆扎成的火炬，准备引导我到一个特意为我安排好住处去。面前的火炬照着我，不用担心会滑滚到雪中，老太太白发上那朵大红山茶花，恰如另外一个火炬，使我回想起三十年前祖母辈分老一派贤惠能勤一家之主的种种。但是我最关心的，还是跟随我身后，抱了两床新装钉的棉被，一个年青乡下大姑娘，也好像一个火炬。我还不知道她是什么人。她原来在厅前灯光所不及处,和一个收拾乐器的乡下人说话,老太太在厅中问:"巧秀,巧秀,可是你?"

"是我!""是你,你就帮帮忙,把铺盖送到后屋里去。"于是三个人从先一时还灯烛煌煌笛鼓竞奏的正厅,转入这所大庄宅最僻静的侧院。两种环境的对照,以及行列的离奇,已增加了我对于处境的迷惑。到住处房中后,四堵白木板壁把一盏灯罩擦得清亮的美孚灯灯光聚拢,我才能够从灯光下,看清楚为我抱衾抱裯的一位面目。十七岁年纪,一双清亮的眼睛,一张两角微向上翘的小嘴,一个在发育中肿得高高的胸脯,一条乌梢蛇似的大发辫。说话时一开口即带点羞怯的微笑,关不住青春生命秘密悦乐的微笑。可是,事实上这时节她却一声不响,不笑,只静静站在那个楠木花板大床边,帮同老太太为我整理被盖。我站在屋正中火盆边,一面烘手,一面游目四瞩,欣赏房中的动静:那个似静实动的白发髻上的大红山茶花,似动实静的十七岁姑娘的眉目和四肢,……那双清明无邪的眼睛,在这个万山环绕不上二百五十户人家的小村落中看过了些什么事情?那张含娇带俏的小嘴,到想唱歌时,应当唱些什么歌?还有那颗心,平时为屋后大山豺狼的长嗥声,盘在水缸边碗口大黄喉蛇的歇凉呼气声,训练得稳定结实,会不会还为什么新事情而剧烈跳跃?我难道还不愿意放弃作一个画家的痴梦?真的画起来,第一笔应捕捉眼睛上的青春光辉,还是应保持这个嘴角边的温情笑意?我还觉得有点不可解,整理床铺,怎么不派个普通长工来帮忙,岂不是大家省事?既要来,怎么不是一个人,还得老太太同来?

等等就会走去,难道也必须和老太太两人一道走?倘若不,我又应当怎么样?这一切,对于我真是一份离奇的教育。我不由得不笑了。在这些无头无绪遐想中,我可说是来到乡下的"乡下人"。

我说,'对不起,对不起,我这客人真麻烦老太太!麻烦这位大姐!老太太实在过累了,应当早早休息了吧。"

从那个忍着笑代表十七岁年纪微向上翘的嘴角,我看出一种回答,意思清楚分明。

"哪样对不起?你们城里人就会客气。"

的确是,城里人就会客气,礼貌周到,然而总不甚诚实得体。好像这个批评当真是从对面来的,我无言可回,沉默了。

到两人为我把床铺整理好时,老太太就拍一拍那个绣有"长命富贵"的扣花枕帕的旧式硬枕,口中轻轻的近于祝愿的语气说:"好好睡,睡到大亮再醒,不叫你你就莫醒!"且把衣袖中预藏的一个小小红纸包儿,悄悄的塞到枕头下去。我虽看见只装作不曾看见。于是,两个人相对笑笑,有会于心的笑笑,像是办完一件大事,摇摇灯座,油还不少,扭一扭灯头,看机关灵活不灵活。又验看一下茶壶,炖在炭盆边很稳当。一种母性的体贴,把凡是想得到的都注意一下,再就说了几句不相干闲话,一齐走了。我因之陷入一种完全孤寂中。听到两人在院转角处踏雪声和笑语声。这是什么意思?充满好奇的心情,伸手到枕下掏摸,果然就抓住了一样东西,一个被封好的谜。试小心裁开一看,原来是包寸金糖,知道老太太是依照一种乡村古旧的仪式。乡下习惯,凡新婚人家,对于未结婚的陌生男客,照例是不留宿的。若特别客人留在家下住宿时,必祝福他安睡。恐客人半夜里醒来有所见闻,大早不知忌讳,信口胡说,就预先用一包糖甜甜口,封住了嘴。

一切离不了象征。唯其象征,简单仪式中即充满牧歌的抒情。

我因为记得一句俗话,"入境问俗",早经人提及过,可绝想不到自己即参加了这一角。我明早上将说些什么?是不是凡这时想起的种种,也近于一种忌讳?五十里的雪中长途跋涉,已把我身体弄得十分疲倦,在灯火煌煌笳鼓竞赛的喜筵上,甜酒和笑谑所酿成的空气中,乡村式的欢乐的流注,再加上那个十七岁乡下大姑娘所能引起我的幻想或联想,似乎把我灵魂也弄得相当疲倦。因此,躺入那个暖和、轻软、有干草干果香味的棉被中,不多久,就被睡眠完全收拾了。

现在我又呼吸于这个现代传奇中了。炭盆中火星还在轻微爆炸。假若我早醒五分钟,是不是会发现房门被一只手轻轻推开时,就有一双眼睛一张嘴随同发现?是不是忍着笑跐起脚进到房中后,一面整理火盆,一面还向窗口悄悄张望,一种朴质与狡猾的混和,只差开口,"你城里人就会客气。"到这种情形下，我应当忽然跃起，稍微不大客气的惊吓她一下，还是尽含着糖，不声不响？我不能够这样尽躺着。油紫色带锦绶的斑鸠，已在雪中咕咕咕呼朋集伴。我得看看雪晴侵晨的庄宅，办过喜事后的庄宅，那分零乱，那分静。屋外的溪涧、寒林和远山，为积雪掩覆初阳照耀那分调和，那分美，还有雪原中路坎边那些狐兔鸦雀经行的脚迹，象征生命多方的图案画。但尤其使我发生兴趣感到关切的，也许还是另外一件事情。新娘子按规矩就得下厨，经过一系列亲友预先布置的开心笑料，是不是有些狼狈周章？大清早和丈夫到井边去挑水时，是个什么情景？那一双眉毛，是不是当真于一夜中就有了变化，一眼望去即能辨别？有了变化后，和另外那一位年纪十七岁的成熟待时大姑娘比较起来，究竟有什么不同处？……盥洗完毕，走出前院去，尽少开口胡说。且想找寻一个人，带我到后山去望望并证实所想象的种种时，"莫道行人早，还有早行人"，不意从前院大胡桃树下，便看见那作新郎的朋友，正蹲在雪地上一大团毛物边，有所检视。才知道新郎还是按照向例，天微明即已起身，带了猎枪和两个长工，上后山绕了一转，把装套处一一看过，把所得的已收拾回来。从这个小小堆积中，我发现了两只麻兔，一只长尾山猫，一只灰獾，两匹黄鼠狼。装置捕机的地面，不出庄宅后山，半里路范围内，一夜中即有这么多触网入彀的生物。而且从那不同的形体，不同的毛色，想想每一个不同的生命，在如何不同情形中，被大石块压住腰部，头尾翘张,动弹不得;或被圈套扣住了前脚高悬半空挣扎得精疲力尽,垂头死去;或是被机关木梁竹签,扎中肢体某一部分,在痛苦惶惧中,先是如何努力挣扎,带着绝望的低嘶,挣扎无从,精疲力尽后,方充满悲苦的激情,沉默下来,等待天明,到末了还是不免同归于尽。这一摊毛茸茸的野物,陈列在这片雪地上,真如一幅动人的图画。但任何一种图画,却不会将这个近乎不可思议的生命的复杂与多方,好好表现出来。

后园竹林中的斑鸠呼声,引起了朋友的注意。我们于是一齐向后园跑去。朋友撒了一把绿豆到雪地上,又将另一把绿豆灌入那支旧式猎枪中,藏身在一垛稻草后,有所等待。不到一会儿,枪声响处,那对飞下雪地啄食绿豆的斑鸠,即中了从枪管喷出的绿豆,躺在雪中了。吃早饭时,新娘子第一回下厨做的菜中,就有一盘辣子炒斑鸠。

一面吃饭一面听新郎述说下大围猎虎故事,使我仿佛加入了那个在自然壮丽背景中,人与另外一种生物充满激情的剧烈争斗与游戏过程。新娘子的眉毛还是弯弯的,引起我老想要问一句话,又像因为昨夜晚老太太塞在枕下那一包糖,当真封住了口,无从启齿。可是从外面跑来的一个长工,却代替了我,打破了桌边沉默,在桌前向主人急促陈述:"老太太,队长,你家巧秀,有人在坳上亲眼看到。昨天吹唢呐的那个中寨人,把你家大姑娘巧秀拐跑了。一定是向鸦拉营方向跑,要追还追得上。巧秀背了个小小包袱,还笑嘻嘻的!"

◎《雪山行旅图》 元　郭熙

"嗐，咦！"一桌吃饭的人，都为这个消息给愣住了。

这个集中情绪的一刹那，使我意识到一件事，即眉毛比较已无可希望。

我一个人重新枯寂的坐在这个小房间火盆边，听着炖在火盆上铜壶的白水沸腾，好像失去了一点什么，不经意被那一位收拾在那个小小包袱中，带到一个不可知的小地方去了。

不过事实上倒应当说"得到"

了一点什么。只是得到的究竟是什么？我问你。算算时间，我来到这个乡下还只是第二天，除掉睡眠，耳目官觉和这里一切接触还不足七小时，生命的丰满、洋溢，把我的感情或理性，已给完全混乱了。

阳光上了窗棂，屋外檐前正滴着融雪水。我年纪刚满十八岁。

云南看云

云南是因云而得名的,可是外省人到了云南一年半载后,一定会和本地人差不多,对于云南的云,除了只能从它变化上得到一点晴雨知识,就再也不会单纯的来欣赏它的美丽了。

看过卢锡麟先生的摄影后,必有许多人方俨然重新觉醒,明白自己是生在云南,或住在云南。云南特点之一,就是天上的云变化得出奇。尤其是傍晚时候,云的颜色,云的形状,云的风度,实在动人。

战争给了许多人一种有关生活的教育,走了许多路,过了许多桥,睡了许多床,此外还必然吃了许多想象不到的苦头。然而真正具有深刻教育意义的,说不定倒是明白许多地方各有各的天气,天气不同还多少影响到一点人事。云有云的地方性:中国北部的云厚重,人也同样那么厚重。南部的云活泼,人也同样那么活泼。海边的云幻异,渤海和南海云又各不相同,正如两处海边的人性情不同。河南河北的云一片黄,抓一把下来似乎就可以作窝窝头,云粗中有细,人亦粗中有细。湖

◎ 云南的云

湘的云一片灰,长年挂在天空一片灰,无性格可言,然而橘子辣子就在这种地方大量产生,在这种天气下成熟,却给湖南人增加了生命的发展性和进取精神。四川的云与湖南云虽相似而不尽相同,巫峡峨眉夹天耸立,高峰把云分割又加浓,云有了生命,人也有了生命。

论色彩丰富,青岛海面的云应当首屈一指。有时五色相渲,千变万化,天空如展开一张张图案新奇的锦毯。有时素净纯洁,天空只见一片绿玉,别无它物,看来令人起轻快感,温柔感,音乐感。一年中有大半年天空完全是一幅神奇的图画,有青春的嘘息,煽起人狂想和梦想,海市蜃楼即在这种天空下显现。海市蜃楼虽并不常在人眼底,却永远在人心中。秦皇汉武的事业,同样结束在一个长生不死青春常驻的美梦里,不是毫无道理的。云南的云给人印象大不相同,它的特点是素朴,影响到人性情,也应当是挚厚而单纯。

云南的云似乎是用西藏高山的冰雪,和南海长年的热浪,两种原料经过一种神奇的手续完成的。色调出奇的单纯。惟其单纯反而见出伟大。尤以天时晴明的黄昏前后,光景异常动人。完全是水墨画,笔调超脱而大胆。天上一角有时黑得如一片漆,它的颜色虽然异样黑,给人感觉竟十分轻。在任何地方"乌云蔽天"照例是个沉重可怕的象征,云南傍晚的黑云,越黑反而越不碍事,且表示第二天天气必然顶好。几年前中国古

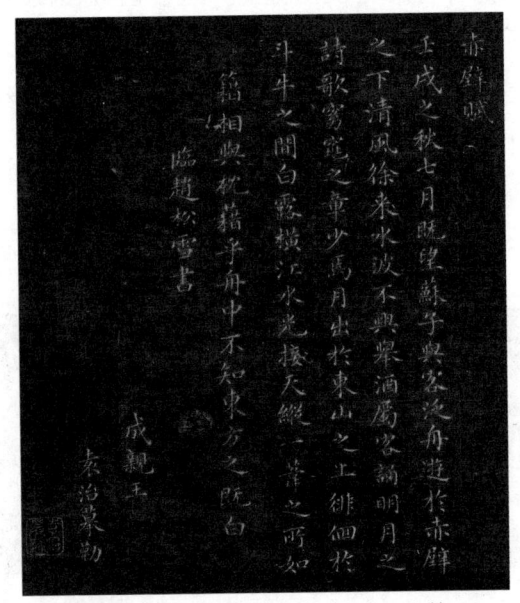

◎临赵松雪所书《赤壁赋》 清 成亲王小楷

物运到伦敦展览时,记得有一个赵松雪作的卷子,名《秋江叠嶂》,净白的澄心堂纸上用浓墨重重涂抹,给人印象却十分秀美。云南的云也恰恰如此,看来只觉得黑而秀。

可是我们若在黄昏前后,到城郊外一个小丘上去,或坐船在滇池中,看到这种云彩时,低下头来一定会轻轻的叹一口气。具体一点将发生"大好河山"感想,抽象一点将发生"逝者如斯"感想。心中可能会觉得有些痛苦,为一片悬在天空中的沉静黑云而痛苦。因为这东西给了我们一种无言之教,比目前政治家的文章,宣传家的讲演,杂感家的讽刺文都高明得多,深刻得多,同时还美丽得多。觉得痛苦原因或许也就在此。那么好看的云,教育了在这一片天底下讨生活的人,究竟是些什么?是一种精深博大的人生理想?还是一种单纯美丽的诗的激情!若把它与地面所见、所闻、所有两相对照,实在使人不能不痛苦!

◎法币

在这美丽天空下，人事方面，我们每天所能看到的，除了官方报纸虚虚实实的消息，物价的变化，空洞的论文，小巧的杂感，此外似乎到处就只碰到"法币"。大官小官商人和银行办事人直接为法币而忙，教授学生也间接为法币而忙。最可悲的现象，实无过于大学校的商学院，近年每到注册上课时，照例人数必最多。这些人其所以热中于习经济、学会计，可说对于生命无任何高尚理想，目的只在毕业后能入银行作事。"熙熙攘攘，皆为利往，挤挤挨挨，皆为利来。"教务处几个熟人都不免感到无可奈何。教这一行的教授，也认为风气实不大好。社会研究的专家，机会一来即向银行跑。习图书馆的，弄古典文学的，学外国文学的，工作皆因此而清闲下来，因亲戚、朋友、同乡……种种机会，不少人也象失去了对本业的信心。有子女升学的，都不反对子弟改业从实际出发，能挤进银行或金融机关作办事员，认为比较稳妥。大部分优秀脑子，都给真正的法币和抽象的法币弄得昏昏的，失去了应有的灵敏与弹性，以及对于"生命"较深一层的认识。

其余平常小职员、小市民的脑子，成天打算些什么，就可想而知了。云南的云即或再美丽一点，对于那个真正的多数人，还似乎毫无意义可言的。

近两个月来本市连续的警报，城中二十万市民，无一不早早的就跑到郊外去，向天空把一个颈脖昂酸，无一人不看到过几片天空飘动的浮云，仰望结果，不过增加了许多人对于财富得失的忧心罢了。"我的越币下落了","我的汽油上涨了","我的事业这一年发了五十万财","我从公家赚了八万三",这还是就仅有十几个熟人口里说说的。此外说不定还有三五个教授之流,终日除玩牌外无其他娱乐,想到前一晚上玩麻雀牌输赢事情,聊以解嘲似的自言自语:"我输牌不输理。"这种教授先生当然是不输理的,在警报解除以后,不妨跑到老伙伴住处去,再玩个八圈,证明一下输的究竟是什么。

一个人若乐意在地下爬,以为是活下来最好的姿势,他人劝他不妨站起来试走走看,或更盼望他挺起脊梁来做个人,当然是不会有什么结果的。

就在这么一个社会这么一种精神状态下,卢先生却来昆明展览他在云南的摄影,告给我们云南法币以外还有些什么值得注意。即以天空的云彩言,色彩单纯的云有多健美,多飘逸,多温柔,多崇高!观众人数多,批评好,正说明只要有人会看云,就能从云影中取得一种诗的感兴和热情,还可望将这种可贵的感情,转给另外一种人。换言之,就是云南的云即或不能直接教育人,还可望由一个艺术家的心与手,间接来教育人。卢先生摄影的兴趣,似乎就在介绍这种美丽感印给多数人,所以作品中对于云物的题材,处理得特别好。每一幅云都有一种不同的性情,流动的美。不纤巧,不做作,不过分修饰,一任自然,心手相印,表现得素朴而亲切,作品取得的成功是必然的。可是我以为得到"赞美"还不是艺术家最终的目的,应当还有一点更深的意义。我意思是如果一种可怕的庸俗的实际主义正在这个社会各组织各阶层间普遍流行，腐蚀我们多数人做人的良心做人的理想，且在同时还像是正在把许多人有形无形市侩化，社会中优秀分子一部分所梦想所希望，也只是糊口混日子了事，毫无一种较高尚的情感，更缺少用这情感去追求一个美丽而伟大的道德原则的勇气时，我们这个民族应当怎么办？大学生读书目的，不是站在柜台边作行员，就是坐在公事房作办事员，脑子都不用，都不想，只要有一碗饭吃就算有了出路。甚至于做政论的，作讲演的，写不高明讽刺文的，习理工的，玩玩文学充文化人的，办党的，信教的，……特别是当权做官的，出路打算也都是只顾眼前。大家眼前固然都有了出路，这个国家的明天，是不是还有希望可言？我们如真能够像卢先生么静观默会天空的云彩，云物的美丽景象，也许会慢慢的陶冶我们，启发我们，改造我们，使我们习惯于向远景凝眸，不敢堕落，不甘心堕落，我以为这才像是一个艺术家最后的目的。正因为这个民族是在求发展，求生存，战争已经三年，战争虽败北，虽死亡万千人民，牺牲无数财富，可并不气馁，相信坚持抗战必然翻身。就为的是这战争背后还有个庄严伟大的理想，使我们对于忧患之来，在任何情形下都能忍受。我们其所以能忍受，不特是我们要发展，要生存，还要为后来者设想，使他们活在这片土地上更好一点，更像人一点！我们责任那么重，那么困难，所以不特多数知识分子必然要有一个

◎修建滇越铁路场景

较坚朴的人生观，拉之向上，推之向前，就是作生意的，也少不了需要那么一分知识，方能够把企业的发展与国家的发展放在同一目标上，分途并进，异途同归，抗战到底！

举一个浅近的例来说说：我们的眼光注意到"出路"、"赚钱"以外，若还能够估量到在滇越铁路的另一端，正有多少鬼蜮成性阴险狡诈的敌人，圆睁两只鼠眼，安排种种巧计阴谋，预备把劣货倾销到昆明来，且把推销劣货的责任，派给昆明市的大小商家时，就知道学习注意远处，实在是目前一件如何重要的事情！照相必选择地点，取准角度，方可望有较好效果。做人何

◎ 20世纪初的滇越铁路

尝不是一样。明分际，识大体，"有所不为"，敌人即或花样再多，敌货在有经验商家的眼中，总依然看得出，取舍之间是极容易的。若只图发财，见利忘义，"无所不为"，把劣货变成国货，改头换面，不过是翻手间事！劣货推销不过是若干有形事件中之一种。此外统治者中上层和知识阶级中不争气处，所作所为，实有更甚于此者。哪一件事、哪一种行为不影响到整个国家前途命运！哪容许我们松劲！

所以我觉得卢先生的摄影，不仅仅是给人看看，还应当给人深思。

鸭窠围清晨

这时已七点四十分了,天还不很亮。两山过高,故天亮较迟。船上人已起身,在烧水扫雪,且一面骂野话玩着。对于天气,含着无可奈何的诅咒。木筏正准备下行,许多从吊脚楼上妇人处寄宿的人,皆正在下河,且互相传着一种亲切的话语。许多筏上水手则各在移动木料。且听到有人锐声装女人无意思的天真烂漫的唱着,同时便有斧斤声和锤子敲木头的声音。我的小船也上了篷,着手离岸了。

昨晚天气虽很冷,我倒好。我明白冷的原因了。我把船舱通风处皆杜塞了一下,同时却穿了那件旧皮袍睡觉。半夜里手脚皆暖和得很,睡下时与起床时也很舒服方便。我小船的篷业已拉起,在潭里移动了。只听到人隔河岸"牛保,牛保,到哪囊去了?",河这边等了许久,方仿佛从吊脚楼上一个妇人被里逃出,爬在窗边答着:"宋宋,宋宋,你喊哪样?早咧。""早你的娘!""就算早我的娘!"最后一句话不过是我想象的,因为他已沉默了,一定又即刻回到床上去了。我还估想他上床后就会拧了一下那妇人，两人便笑着并头睡下了的。这分生活真使我感动得很。听到他们的说话，我便觉得我已经写出的太简单了。我正想回北京时用这些人作题材，写十个短篇，或我告给你，让你来写。写得好，一定是种很大的成功。这时我们的船正在上行，沿了河边走去，许多大船同木筏，昨晚停泊在上游一点的，也皆各在下行。我坐在舱中，就只听到水面人语声，以及橹桨搅水声，与橹桨本身被推动时咿咿哑哑声。这真是圣境。我出去看了一会儿，看到这船筏浮在水面，船上还扬着红红的火焰同白烟，两岸则高矗而上，如对立巨魔，颜色墨绿。不知什么地方有老鸦叫着出寨，不知什么地方有鸡叫着，且听得着岸旁有小水鸡吱吱吱吱的叫，不知它们是种什么意思，却可以猜想它们每早必这样叫一大阵。这点印象实实在在值得受份折磨得到它。

我正计算了一阵日子。我算作八号动身，应在下月七号到地见你。今天我已走了十天，至多还加个五天我必可到家。若照船上人说来，他们包我下行从浦市到桃源作三天（这一段路上行我们至少需八天），从桃源到常德一天，从常德到长沙一天，从长沙到汉口一天，汉口停一天，再从汉口到北平两天，加上从我家回到浦市两天，则路上共需十一天。共加拢来算算，则我可在家中住四天。恐怕得多住一天，则汉口我不耽搁，时间还是一样的……今天十七，我快则二十天后可以见你，慢也不过二十三天，我希望至迟莫过十号我们可以在北京见面。我希望这次回到家中可以把你一切好处家中人知道,我还希望为你带些有趣味的东西,同家中人对你的好意给你。我一到家一定就有人问:"为什么不带张妹来?"我却说:"带来了,带来了。"我带来的是一个相片,我送他们相片看。事实上则我当真也把你带来了,因为你在我的心上!不过我不会把这件事告给人,我不让他们从这个事情上得到一个发笑的机会。一个人过分吝啬本不是件美德,我可不能不吝啬了。

今天风好像不很大,船会赶不到辰州。然而至多明天我总可到辰州的。我一到地就有两件事可做,第一是打电话回去,告大哥我已到了辰州,第二是打电报给你希望你把钱寄来。我这次下行,算算有九十块钱已够了,但我希望手边却有一百廿块钱,因为也许得买点东西回北京来送人。这里许多东西皆是北京人的宝贝,正如同北京许多东西是这里宝贝一样。我动身时一定有人送我小东小西,我真盼望所有东西全是可以使你欢喜的,或转送四丫头,使四丫头惊奇的。

这时已八点四十,天还黯黯的。也许这小表被我拨快了一些,也许并不是小表的罪过。从这次上行的经验看来,不拘带什么皆不会放坏,故下行时也许还可以为你带些古怪食物!九九是多年不吃冻菌[1]了的,我预备为她带些冻菌。你欢喜酸

---

[1] 冻菌又叫平菇,是常见的食用菌之一,色白。

的,我预备请大嫂为你炒一罐胡葱酸[1]。四丫头倾心苗女人,我可以为她买一块苗妇人手做的冻豆腐。时间若许我从容些,我还能同三哥到乡下去赶次场,说不定我尚可为四丫头带点狗肉来。我想带的可太多了,一个火车厢恐怕也装不下。正因为这样子,或者我一样不带。

我忘了问张大姐要些什么了。请先告她,我若到苗乡去,当为她带个苗人用的顶针或针筒来。我那里针筒皆镂花,似乎还不坏。我还听同乡说本城酱油已出名,且成为近日来运销出口的一种著名东西,下可以到长沙,上可以到川东黔省,真想不到。我无论如何总为你们带点酱油来的。

九点四十五分,我小船停泊在一个滩岨乱石间,大家从从容容吃过早饭。又吃鱼。吃了饭后船上人还在烤烤火,我就画了一个对河的小景,对河有人家处色泽极其美丽,各为"打油溪"。还有长长的墙垣,一定就是油坊,住在这种地方不作诗却来打油,古怪透了。画刚打好稿子,船就开了。今天小船还应上两个大滩,"九溪"同"横石",这滩还不很难上,可是天气怪冷,水手真苦。说不定还得落水拉船。近辰州时又还有长十里的急流,无风时也很费事。今天风不好,不能把船送走,故看情形还赶不到辰州。我希望明天上半天可到,用半天日子做一切事,后天就可上行。我还希望到了辰州可以从电话中谈

---

1 胡葱酸,用胡葱做成的土家族酸菜。

几句话，告他一切，也让他们放心些，不然收到了你的信后，却不见我到家，岂不希奇。

今天更冷，应当落大雪了，可是雪总落不下来。南方天气我疏远得太久了，如今看来同看一本新书一样，处处不像习惯所能忍受的样子，我若到这些地方长住下去，性格一定沉郁得很了。但一到春天，这里可太好了。就是这种天气，山中竹雀画眉依然叫得很好，一到春天，是可想而知的。

窄而霉斋闲话

中国诗歌趣味,是带着一个类乎宗教的倾心,可以用海舶运输而流行的。故民国十九年时代,中国虽一切还是古旧的中国,中国的新诗,便有了机械动力的声音。这声音,遥遥来自远处,如一袭新衣样子,因其崭新,而装饰于诗人想象中,极其流行。因此唯美的诗人,以憔悴的眼睛,盼望太平洋另一端连云高楼,写着文明的都市的赞美诗,普罗诗人,也以憔悴的眼睛,盼望到西伯利亚荒原的尽头,写着锻铁厂、船坞以及其他事物倾心的诗。瞩目远景,幻想天国,诗人的从容权利,古今原无二致。然而数数稍前一时的式样,仅使人对那业已为人忘却的"人生文学",倍增感慨了。

"京样"的"人生文学",提倡自于北京,而支配过一时节国内诗歌的兴味,诗人以一个绅士或荡子的闲暇心情,窥觑宽泛的地上人事,平庸、愚卤、狡猾、自私,一切现象使诗人生悲悯的心,写出对不公平的抗议,虽文字翻新,形式不同,然而基本的人道观念,以及抗议所取的手段,仍俨然是一千年来的老派头，所以老杜的诗歌，在精神上当时还为诸诗人崇拜取法的诗歌。但当前诸人，信心坚固，愿力宏伟，弃绝辞藻，力取朴质，故人生文学这名词却使人联想到一个光明的希望。这人生文学，式样古拙，旋即消灭，除了当时的多数学生，以及现时的少数中学教员，能记忆某某名句出自某某外，在目前，已找不出什么痕迹存在了。

京样的人生文学结束在海派的浪漫文学兴起以后，一个谈近十年来文学之发展的情况的人，是不至于有所否认的。人生文学的不能壮实耐久，一面是创造社的兴起，也一面是由于人生文学提倡者同时即是"趣味主义"讲究者。趣味主义的拥护，几乎成为文学见解的正宗，看看名人杂感集数量之多，以及稍前几个作家诙谐讽刺作品的流行，即可明白。讽刺与诙谐，在原则上说来，当初原不悖于人生文学，但这趣味使人生文学不能端重，失去严肃，琐碎小巧，转入泥里，从此这名词也渐渐为人忘掉了。

上面提及人生文学的没落，所据虽多在诗歌以外，然而诗歌的人生文学，却以同一意义而"不"人生文学的。

"京样"不能流行以后，海上趣味也使人厌倦，诗歌的方面，用最世俗的形容，应当穿上"洋服"才美观的时代就到了。我要学上海商人的口吻，不避采用更富市侩气的名词，"来路货"，在诗歌方面，有一种新的价值，这是我们全无力量去作否认的。格律废弃既为当然的事实，商籁体的分行，我们若不明白，便不足欣赏新诗，无资格评论新诗。在形式方面，自由诗人多数是那么守着新的法令才似乎配说"写诗"的。

在内含方面，一个诗人若不拘束他的情绪到前述两个极远的国度趣味里去，也仿佛不能写出一首"好"诗。目前的新诗，标尺既悬于这两类作家手中，若不读诗，那你还是一个自由的人，真可羡慕，若对于诗还不缺少兴味，你的兴味便不许你再有自由了。这种现象我觉得并不是好现象。

新的趣味除了用更新的趣味来代替以外，菲薄并不能动摇事实，所以我们只能等待。看看过去，未来的也就应当可以知道了。不过一个正在学诗的人，若尽随波逐流，也就未免太苦。还有一个读者，处到这种情形下，为了习惯一年一换的趣味，他的头脑也一定如一个中华民国的公民，在当年政治局面变动情形下，永远是个糊涂的人，这现象真是很可怜的。

有人说，"诗人"是特殊的一种人类，他可以想象世界比你们所见到的更"美"或更"丑"，所以他的作品假若不超越一种卑俗的估价，他就不是一个有希望的诗人。同时他今天可以想那样是对的，明天又想那样全不对，惟独诗人有这个权利。"让这些天才存在，"我说，"就让他们这样存在吧。"

我说，另外我们如果还有机会，让我们再来奖励那种平凡诗人的产生。这平凡诗人不妨如一个商人，讲究他作品的"效率"，讲究他作品的"适用"，一种商品常常也不免相伴到一个道德的努力，一首诗我们不妨也如此找寻他的结论。重新把"人生文学"这个名字叫出来,却应忘记使人生文学软弱的诙谐刻薄趣味。莫严肃到文字形体的规则里,却想法使文学是"用具"不是"玩具"。诗人扩大了他的情感,使作品变成用具,在普罗作家的有些作品里,却找寻得出那些成功因果的。

说到这里自然我有一点混乱了。因为一个古怪的诗人,也许就比一个平凡谐俗的诗人,更适宜于在作品上保留一个最高道德的企图。不过我们已经见到过许多仿佛很古怪的诗人,却不见到一个平凡谐俗的诗人,所以我想象一个"不存在"的比一个"已存在"的会好一点。其实已存在的比未产生的更值得我们注意和希望,那也是当然的。他们都可以成功,伴着他们成功的,是他们的"诚实"。在他们自己所选定的方向上,自己若先就缺少信心,他们"玩"着文学,文学也自然变成玩具,出现"大家玩玩"的现象了。

现在应当怎么样使大家不再"玩"文学,所以凡是与"白相文学态度"相反而向前的,都值得我们十分注意。文学的功利主义已成为一句拖文学到卑俗里的言语,不过,这功利若指得是可以使我们软弱的变成健康,坏的变好,不美的变美,就让我们从事文学的人,全在这样同清高相反的情形下努力,学用行商的眼注意这社会,较之在迷胡里唱唱迷人的情歌,功利也仍然还有些功利的好处。

说到这里我仿佛看到我所熟识的诗人全笑了,因为他们要说:"对不起,你这个外行,你懂十四行应当怎么分行押韵没有？你不是在另外一个时节，称赞过我们的新诗了吗？你说我们很美，应当怎样更美，即或说得是外行话，也不会相差太远。但你若希望我们美以外还有别的，你这外行纵说得十分动听，还是毫无用处的。"

我想，那末，当真莫再分辩了，我们让这个希望由创作小说来实现吧。事实上这里的责任，诗人原是不大适宜于担任的。一个唯美诗人，能懂得美就很不容易了。一个进步的诗人，能使用简单的文字，画出一些欲望的轮廓，也就很费事了。我们应当等候带着一点儿稚气或痴处的作家出来作这件事。上海目下的作家，虽然没有了北京绅士自得其乐的味儿，却太富于上海商人沾沾自喜的习气，去呆头呆脑地干，都相差很远。我想，从另外一方面去找寻，从另外一方面去期待，会有人愿意在那个并不时髦的主张上努力，却同时能在那种较寂寞的工作上维持他的信心的。

应当有那么一批人，注重文学的功利主义，却并不混合到商人市侩赚钱蚀本的纠纷里去。

生命、语言之美

我是个对一切无信仰的人，却只信仰"生命"。……一个人过于爱有生的一切时，必因为在一切有生中发现了"美"，亦即发现了"神"。

——沈从文

生命

我好像为什么事情很悲哀,我想起"生命"。

……………

每个活人都象是有一个生命,生命是什么,居多人是不曾想起的,就是"生活"也不常想起。我说的是离开自己生活来检视自己生活这样事情,活人中就很少那么作,因为这么作不是一个哲人,便是一个傻子了。"哲人"不是生物中的人的本性,与生物本性那点兽性离得太远了,数目稀少正见出自然的巧妙与庄严。因为自然需要的是人不离动物,方能传种。虽有苦乐,多由生活小小得失而来,也可望从小小得失得到补偿与调整。一个人若尽向抽象追究,结果纵不至于违反自然,亦不可免疏忽自然,观念将痛苦自己,混乱社会。因为追究生命意义时,即不可免与一切习惯秩序冲突。在同样情形下,这个人脑与手能相互为用,或可成为一思想家或艺术家,脑与行为能相互为用,或可成为一革命者。若不能相互为用,引起分裂现象,末了这个人就变成疯子。其实哲人或疯子,在违反生物原则,否认自然秩序上,将脑子向抽象思索,意义完全相同。

我正在发疯。为抽象而发疯。我看到一些符号,一片形,一把线,一种无声的音乐,无文字的诗歌。我看到生命一种最完整的形式,这一切都在抽象中好好存在,在事实前反而消灭。

有什么人能用绿竹作弓矢,射入云空,永不落下?我之想象,犹如长箭,向云空射去,去即不返。长箭所注,在碧蓝而明静之广大虚空。

明智者若善用其明智,即可从此云空中,读示一小文,文中有微叹与沉默,色与香,爱和怨。无著者姓名。无年月。无故事。无……然而内容极柔美。虚空静寂,读者灵魂中如有音乐。虚空明蓝,读者灵魂上却光明净洁。

大门前石板路有一个斜坡,坡上有绿树成行,长干弱枝,翠叶积叠,如翠翙,如羽葆,如旗帜。常有山灵,秀腰白齿,往来其间。遇之者即喑哑。爱能使人喑哑——一种语言歌呼之死亡。"爱与死为邻"。

然抽象的爱,亦可使人超生。爱国也需要生命,生命力充溢者方能爱国。至如阉寺性的人,实无所爱,对国家,貌作热诚,对事,马马虎虎,对人,毫无情感,对理想,异常吓怕。也娶妻生子,治学问教书,做官开会,然而精神状态上始终是个阉人。与阉人说此,当然无从了解。

夜梦极可怪。见一淡绿白合花,颈弱而花柔,花身略有斑点青渍，倚立门边微微动摇。在不可知地方好像有极熟习的声音在招呼：

"你看看好，应当有一粒星子在花中。仔细看看。"

于是伸手触之。花微抖，如有所怯。亦复微笑，如有所恃。因轻轻摇触那个花柄，花蒂，花瓣。近花处几片叶子全落了。

如闻叹息，低而分明。

……

雷雨刚过。醒来后闻远处有狗吠，吠声如豹。半迷糊中卧床上默想，觉得惆怅之至。因白合花在门边动摇，被触时微抖或微笑，事实上均不可能！

起身时因将经过记下，用半浮雕手法，如玉工处理一片玉石，琢刻割磨。完成时犹如一壁炉上小装饰，精美如瓷器，素朴如竹器。

一般人喜用教育身份来测量一个人道德程度，尤其是有关乎性的道德。事实上这方面的事情，正复难言。有些人我们应当嘲笑的，社会却常常给以尊敬，如阉寺。有些人我们应当赞美的，社会却认为罪恶，如诚实。多数人所表现的观念，照例是与真理相反的。多数人都乐于在一种虚伪中保持安全或自足心境。因此我焚了那个稿件。我并不畏惧社会，我厌恶社会，

◎法郎士

厌恶伪君子,不想将这个完美诗篇,被伪君子眼目所污渎。

白合花极静。在意象中尤静。

山谷中应当有白中微带浅蓝色的白合花,弱颈长蒂,无语如语,香清而淡,躯干秀拔。花粉作黄色,小叶如翠珰。

法郎士曾写一《红白合》故事,述爱欲在生命中所占地位,所有形式,以及其细微变化。我想写一《绿白合》,用形式表现意象。

潜渊

一

黄昏极美丽悦人。光景清寂，极静，独坐小蒲团上，望窗口微明，欧战从一日起始，至今天为止，已三十天。此三十天中波兰即已灭亡。一国家养兵至一百万，一月中即告灭亡，何况一人心中所信所守，能有几许力量，抗抵某种势力侵入？一九三九之九月，实一值得记忆的月份。人类用双手一头脑创造出一个惊心动魄文明世界，然此文明不旋踵立即由人手毁去。人之十指，所成所毁，亦已多矣。

二

读《人与技术》《红百合》二书各数章。小楼上阳光甚美，心中茫然，如一战败武士，受伤后独卧荒草间，武器与武力已全失。午后秋阳照铜甲上炙热。手边有小小甲虫爬行，耳畔闻远处尚有落荒战马狂奔，不觉眼湿。心中实充满作战雄心，又似觉一切已成过去，生命中仅残余一种幻念，一种陈迹的温习。

心若翻腾，渴想海边，及海边可能见到的一切。沙滩上为浪潮漂白的一些螺蚌残壳，泥路上一朵小小蓝花，天末一片白帆，一片紫。

房中静极。面对窗上三角形夕阳黄光，如有所悟，亦如有所惑。

三

晴。六时即起。甚愿得在温暖阳光下沉思，使肩背与心同在朝阳炙晒中感到灼热。灼热中回复清凉，生命从疲乏得到新生。久病新瘥一般新生。所思者或为阳光下生长一种造物（精巧而完美，秀与壮并之造物），并非阳光本身。或非造物，仅仅造物所遗留之一种光与影，形与线。

人有为这种光影形线而感兴激动的，世人必称之为"痴汉"。因大多数人都"不痴"，知从"实在"上讨生活，或从"意义""名分"上讨生活。捕蚊捉虱，玩牌下棋，在小小得失上注意关心，引起哀乐，即可度过一生。生活安适，即已满足。活到末了，倒下完毕。多数人所需要的是"生活"，并非对于"生命"具有何种特殊理解，故亦不必追寻生命如何使用，方觉更有意思。因此若有一人，超越习惯的心与眼，对于美特具敏感，自然即被称为痴汉。此痴汉行为，若与多数人庸俗利害观念相冲突，且成为罪犯，为恶徒，为叛徒。换言之，即一切不吉名词无一不可加诸其身，对此符号，消极意思为"沾惹不得"，积极企图为"与众弃之"。然一切文学美术以及人类思想组织上巨大成就，常惟痴汉有份，与多数无涉，事情显明而易见。

四

金钱对"生活"虽好像是必需的，对"生命"似不必需。生命所需，惟对于现世之光影疯狂而已。因生命本身，从阳光雨露而来，即如火焰，有热有光。

我如有意挫折此奔放生命，故从一切造形小物事上发生嗜好，即不能挫折它，亦可望陶冶它，羁縻它，转变它。不知者以为留心细物，所志甚小。见闻不广，无多大价值物事，亦如宝贝，加以重视，未免可笑。这些人所谓价值，自然不离金钱，意即商业价值。

美固无所不在，凡属造形，如用泛神情感去接近，即无不可以见出其精巧处和完整处。生命之最大意义，能用于对自然或人工巧妙完美而倾心，人之所同。惟宗教与金钱，或归纳，或消灭。因此令多数人生活下来都庸俗呆笨，了无趣味。某种人情感或被世务所阉割,淡漠如一僵尸,或欲扮道学,充绅士,作君子,深深惧怕被任何一种美所袭击,支撑不住,必致误事。又或受佛教"不净观"影响,默会《诃欲经》本意,以爱与欲不可分,惶恐逃避,惟恐不及。像这些人,对于"美",对于一切美物、美行、美事、美观念,无不漠然处之,竟若毫无反应。

不过试从文学史或美术史(以至于人类史)上加以清查,却可得一结论,即伟人巨匠,千载宗师,无一不对于美特具敏锐感触,或取调和态度,融汇之以成为一种思想,如经典制作者对于经典文学符号排比的准确与关心。或听其撼动,如艺术家之与美对面时从不逃避某种光影形线所感印之痛苦,以及因此产生佚智失理之疯狂行为。举凡所谓活下来"四平八稳"人物,生存时自己无所谓,死去后他人对之亦无所谓。但有一点应当明白,即"社会"一物,是由这种人支持的。

五

饭后倦极,至翠湖土堤上一走。木叶微脱,红花萎悴,水清而草乱。猪耳莲尚开淡紫花,静贴水面。阳光照及大地,随阳光所及,举目临眺,但觉房屋人树,及一池清水,无不如相互之间,大有关系。然个人生命,转若甚感单独,无所皈依,亦无附丽。上天下地,黏滞不住。过去生命可追寻处,并

◎民国乡村场景

非一堆杂著,只是随身记事小册三五本,名为记事,事无可记,即记下亦无可观。唯生命形式,或可于字句间求索得到一二,足供温习。生命随日月交替,而有新陈代谢现象,有变化,有移易。生命者,只前进,不后退,能迈进,难静止。到必需"温习过去",则目前情形可想而知。沉默甚久,生悲悯心。

我目前俨然因一切官能都十分疲劳,心智神经失去灵明与弹性,只想休息。或如有所规避,即逃脱彼噬心嚼知之"抽象"。由无数造物空间时间综合而成之一种美的抽象。然生命与抽象固不可分,真欲逃避,惟有死亡。是的,我的休息,便是多数人说的死。

六

在阳光下追思过去,俨然整个生命俱在两种以及无数种力量中支撑抗拒,消磨净尽。所得唯一种知识,即由人之双手所完成之无数泥土陶瓷形象，与由上帝双手抟泥所完成之无数造物灵魂有所会心而已。令人痛苦也就在此。人若欲贴近土地，呼吸空气，感受幸福，则不必有如此一份知识。多数人或具有一种浓厚动物本性，如猪如狗，或虽如猪如狗，唯感情被种种名词所阉割，皆可望从日常生活中感到完美与幸福。譬如说"爱"，这些人爱之基础或完全建筑在一种"情欲"事实上，或纯粹建筑在一种"道德"名分上，异途同归，皆可得到安定与快乐。若将它建筑在一抽象的"美"上，结果自然到处见出缺陷和不幸。因美与"神"近，即与"人"远。生命具神性，生活在人间，两相对峙，纠纷随来。情感可轻鬐高飞，翱翔天外，肉体实呆滞沉重，不离泥土。

××说："××年前死得其所，是其时。"即"人"对"神"的意见，亦即神性必败一个象征。××实死得其时，因为救了一个"人"，一个贴近地面的人。但××若不死，未尝不可以使另外若干人增加其神性。

有些人梦想生翅膀一双，以为若生翅翼，必可轻举，向日飞去。事实上即背上生出翅膀，亦不宜高飞。有些人从不梦想，唯时时从地面踊跃升腾，虽腾空不高，旋即堕地，依然永不断念，信心特坚。前者是艺术家，后者是革命家。但一个文学作家，似乎必需兼有两种性格。

烛虚

一

察明人类之狂妄和愚昧，与思索个人的老死病苦，一样是伟大的事业，积极的可以当成一种重大的工作，在消极的也不失为一种有趣的消遣。

女子教育在个人印象上，可以引起三种古怪联想。一是《汉书·艺文志》小说部门，有本谈胎教的书，名《青史子》，玉函山房辑佚书还保留了一鳞半爪。这部书当秦汉时或者因为

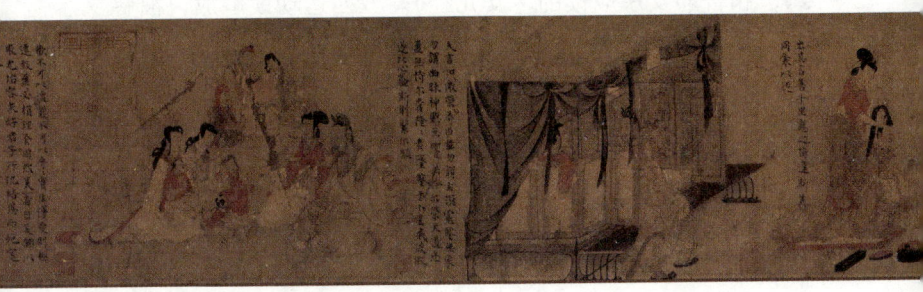

◎《女史箴图》（局部）东晋　顾恺之

篇章完整，不曾被《吕氏春秋》和《淮南子》两部杂书引用。因此小说部门多了这样一部书名，俨然特意用它来讽刺近代人，生儿育女事原来是小说戏剧！二是现藏大英博物院，成为世界珍品之一，相传是晋人顾恺之画的《女史箴图》卷。那个图画的用意，当时本重在注释文辞，教育女子，现在想不到仅仅对于我一个朋友特别有意义。朋友×先生，正从图画上服饰器物研究两晋文物制度以及起居服用生活方式，凭借它方能有些发现与了解。三是帝王时代劝农教民的《耕织图》，用意本在"往民间去"，可是它在皇后妃宫室中的地位，恰如《老鼠嫁女图》在一个平常农民家中的地位，只是有趣而好玩。但到了一些毛子手中时，忽然一变而成中国艺术品，非常重视。这可见一切事物在"时间"下都无固定性。存在的意义，有些是偶然的，存在的价值，多与原来情形不合。

现在四十岁左右的读书人，要他称引两部有关女子教育的固有书籍时，他大致会举出三十年前上层妇女必读的《列女传》，和普通女子应读的《女儿经》。五四运动谈解放，被解放了的新式女子，由小学到大学，若问问什么是她们必读的书，必不知从何说起。正因为没有一本书特别为她们写的。即或在普通大学习历史或教育，能有机会把《列女传》看完，且明白它从汉代到晚清封建社会具有何种价值与意义，一百人中恐不会到五个人。新的没有，旧的不读，这个现象说明一件事情，即大学教育设计中，对于女子教育的无计划。这无计划的现象，实由于缺乏了解不关心而来，在教育设计上俨然只尊重一个空洞言词，"男女平等"，从不曾稍稍从身心两方面对社会适应上加以注意，"男女有别"。因此教育出的女子，很容易成为一种庸俗平凡的类型，类型的特点是生命无性格，生活无目的，生存无幻想。一切都表示生物学上的退化现象。在上层社会妇女中，这个表示退化现象的类型尤其显著触目。下面是随手可拾的例子，代表这类型的三种样式。

某太太，是一个欧美留学生，她的出国是因为对妇女解放运动热心"活动"成功的，但为人似乎善忘，回国数年以后，她学的是什么，不特别人不知道，即她自己也仿佛不知道。她就用"太太"名义在社会上讨生活，依然继续两种方式"活动"，即出外与人谈妇女运动，在家与客人玩麻雀牌。她有几个同志，都是从麻雀牌桌上认识的。她生存下来既无任何高尚理想，也无什么美丽目的，不仅对"国家"与"人"并无多大兴趣，即她自己应当如何就活得更有意义，她也从不曾思索过。大家都以为她是一个有荣誉，有地位而且有道德的上层妇女，事实上她只配说是一个代表上层阶级莫名其妙活下来的女人。

某名媛，家世教育都很好，无可疵议。战争后尚因事南去北来。她的事也许"经济"关系比"政治"关系密切。为人热忱爱国，至少是她在与银行界中人物玩扑克时，曾努力给人造成一个爱国印象。每到南行时，就千方百计将许多金票放在

◎《耕织图卷》 南宋 梁楷

袜子中,书本中,地图中,以及一切可以瞒过税官眼目的隐蔽处。可是这种对于金钱的癖好,处置这个阿堵物的小心处,若与使用它时的方式两相对照,便反映出这个上流妇女愚而贪得与愚而无知到如何惊人程度。她一生主要的兴趣在玩牌,她的教育与门阀,却使她作了国选代表。她虽代表妇女向社会要求应有的权利,她的真正兴趣倒集中在如何从昆明带点洋货过重庆,又如何由重庆带点金子回昆明。

某贵妇人,她的丈夫在社会上素称中坚分子,居领导地位。她毕业于欧洲一个最著名女子学校,嫁后即只作"贵妇",到昆明来住在用外国钱币计值的上等旅馆,生活方能习惯。应某官僚宴会时,一席值百五十元,一瓶酒值两百元,散席后还照例玩牌到半夜。事后却向熟人说,云南什么都不能吃,玩牌时,输赢不到三千块钱,小气鬼。住云南,两个小孩子的衣食

用品,利用丈夫服务机关便利,无不从香港买来,可是依然觉得云南对她实在太不方便,且担心孩子无美国橘子吃,会患贫血病,因此住不多久,一家人又乘飞机往香港去了。中国当前是个什么情形,她不明白,她是不是中国人,也似乎不很明白。她只明白,她是一个上等人,一个阔人,一个有权势的官太太,如此而已。

这三个上等身份的妇女,在战争期有一个相同人生态度,即消磨生命的方式,唯一只是赌博。竟若命运已给她们注定,除玩牌外生命无可娱乐,亦无可作为。这种现象我们如不能说是命定,想寻出一个原因,就应当说这是五四以来国家当局对于女子教育无计划的表现。学校只教她们读书,并不曾教她们如何做人。家庭既不能用何种方式训练她们,学校对她们生活也从不过问,一离开学校嫁人后,丈夫若是小公务员,两夫妇都有机会成为赌鬼,丈夫成了新贵以后,她们自然很容易变成那样一个类型——软体动物。

五四运动在中国读书人思想观念上,解放了一些束缚,这是人人知道的事情。当初争取这种新的人生观时,表现在文字上行为上,都很激烈很兴奋,都觉得世界或社会既因人而产生,道德和风俗也因人而存在。"重新做人"的意识极强,"人的文学"于是成为一个动人的名词。可是"重新做人"虽已成为一个口号,具尽符咒的魔力。如何重新做人?重新做什么样人?似乎被主持这个运动的人,把范围限制在"争自由"一面,含义太泛,把趋势放在"求性的自由"一方面,要求太窄。初期白话文学中的诗歌,小说,戏剧,大多数只反映出两性问题的重新认识,重新建设一个新观念,这新观念就侧重在"平等",末了可以说,女人已被解放了。可是表示解放只是大学校可以男女同学,自由恋爱。愚而无知的政治上负责者,俨然应用下面观点轻轻松松对付了这个问题:

"要自由平等吧,如果男女同学你们看来就是自由平等,好,照你们意思办。"

于是开放了千年禁例,男女同学。正因为等于在无可奈何情形中放弃固有见解,取不干涉主义,因此对于男女同学教育上各问题,便不再过问。就是说在生理上,社会业务习惯上,家庭组织上,为女子设想能引起注意值得讨论的各种问题,从不作任何计划。换言之,即是在一种无目的的状况中混了八年,由民八到民十六。我们若对过去稍加分析,自然会明白这八年中不仅女子教育如此,整个教育事实上都在拖混情形之中度过,这八年正是中国近三十年内政最黑暗糊涂时代。内战不息,军阀割据,贿选卖官,贪赃纳贿,一切都视为极其自然,负责者毫无羞耻感和责任感。北京政府的内政部不发薪,部员就借口扩大交通,拆卖故宫皇城作生活费用。教育部不发薪,部员就主张将京师图书馆藏善本书封存抵押于盐业银行。一切国家机关都俨然和官产处取同一态度,凡经手保管的都可自由处理变卖,不受任何限制。因此雍和宫喇嘛就卖法宝,天坛经管人就卖祭器。故宫有一群太监,民国以后留在京中侍候溥仪,因偷卖东西太多,恐被查出,索性一把火烧去西路大殿两幢灭迹,据估计损失至少值纹银五千万!(后来故宫博物院长易培基的监守自盗,不过说明这个"北京风气"在国家收藏的文物宝库中,还未去尽罢了。比较起来,是最小一次偷偷摸摸案件,算不得一回事!)当时京畿驻军荒唐跋扈处更不可想象,驻防颐和园西苑的奉军长官,竟随意把附近小山丘上几千棵合抱古柏和沿马路上万株风景树一齐砍伐,给北京城里木行作棺木,充劈柴。到后且把圆明园废墟的大石狮,大石华表,拱形石桥和白石栏杆,甚至于铺辇道的大石条,一律挖抬出卖,给燕京大学盖房子装点风景。大臣卖国,可说是异途同归,目的只在弄几个钱。大家卖来卖去,把屋里摆的,路上砌的,地面长的,地下放的,可卖的无一不卖,北京政府因此也就卖倒了。

北伐后，政府对于高等教育虽定下了一些新章则，并学校，划学区，注意点似乎只重在分配地盘，调整人事，依然不曾注意到一个根本问题，即大学教育有个什么目的？男女同学同教，在十年试验中有些什么得失将待修正？主持教育的最高当局，至多从统计上知道受高等教育的男女人数比较，此外竟似乎别无兴趣可言。直到战前为止，二十年来的男女同学同教，这一段试验时间不为不长，在社会家庭各方面，已发生了些什么影响？两性问题从生理心理两方面研究认识，其他国家又有了些什么新的发现，可以用作参考？关于教学问题上，课程编排上，以及课外生活训练上，实在事事都需要用一个比较细心客观比较科学的态度来处理。尤其是现在国内各地正有数百万壮丁参加抗战，沿江沿海且有数千万民众向西南西北各省迁移。战时的适应，与战后的适应，对于女子无一不有个空前的变化，也就无一不需要教育负责人给它一种最大的关心，看出一些问题，重新有个态度，且用极大勇气来试验，来处理。

这个时代像那种既已放弃了好好做人权利的妇人，在她们身份或生活上虽还很尊贵舒适，在历史意义上，实在只是一个废物，一种沉淀，民族新陈代谢工作，对她们已经毫无意义，不足注意。女子教育的对象，无妨把她们抛开。目前国内各处，至少有百万计二十岁左右年青女子，离开了家庭，在学校作学生，十年后必然还要到社会工作，作主妇，作母亲，都需

○《青史子》手稿本

要一些比当前更进步更自重的作人知识，和更健康更勇敢的人生观。在受教育时，应有计划的用各种训练方法，输入这种知识和人生观，实在是最高教育当局不能避免的责任。

此外凡是对于妇女运动具有热诚的人，也应当承认，改造运动必较"解放运动"重要，"做人运动"必较"做事运动"重要。我们需要一个新的妇女运动，以"改造"与"做人"为目的。十六岁到二十岁的青年女子，若还有做人的自信心与自尊心，不愿意在十年后堕落到社会常见的以玩牌消磨生命的妇人类型中去，必对于这个改造与做人运动，感到同情，热烈拥护。

我们还希望对于中层社会怀有兴趣的作家，能用一个比较新也比较健康的态度，用青年女子作对象。来写几部新式《青史子》或《列女传》。更希望对通俗文学充满信心的作家，以平常妇女为对象，用同样态度来写几部新式《女儿经》。从去年起始，"民族文学"成为一个应时的口号。若说民族文学有个广泛的含义，主要的是这个民族战胜后要建国，战败后想翻身。那么，这种作品必然成为民族文学最根本的形式或主题。

二

自然既极博大，也极残忍。战胜一切，孕育众生。蝼蚁蚍蜉，伟人巨匠，一样在它怀抱中和光同尘。因新陈代谢，有华屋山丘。智者明白"现象"不为困缚，所以能用文字。在一切有生陆续失去意义，本身亦因死亡毫无意义时，使生命之光，煜煜照人，如烛如金。作烛虚二。

上星期下午，我过呈贡去看孩子，下车时将近黄昏，骑上了一匹栗色瘦马，向西南田埂走去。见西部天边，日头落处，天云明黄媚人，山色凝翠堆蓝。东部长山尚反照夕阳余光，剩下一片深紫。豆田中微风过处，绿浪翻银，萝卜花和油菜花黄白相间，一切景象庄严而兼华丽，实在令人感动。正在马上凝思时空，生命与自然，历史或文化种种意义。俨然用当前一片光色作媒触剂，引起了许多奇异感想。忽然有两匹马从身后赶上，超过我马头不远，又忽然慢下来了。马上两个二十岁左右大学生模样女子，很快乐的一面咬嚼酸梨，一面谈笑，说的是你吃三个我吃五个一类的话语。末后在前面一个较胖一点的，忽回头把个水淋淋的梨核猛然向同伴抛去，同伴笑着一闪，那梨核就不偏不斜打在我的身上，两个女学生却笑嘻嘻的赶马向前跑了。

××也是一个大学生，年纪二十二岁，在国立大学二年级。关于读书事，连她自己也不大明白，为什么就入了大学英文系。功课还能及格，有一两门学科，教员特别认真，就借同学笔记抄抄，写报告时也能勉强及格。她属于中产阶级的近代型女子，样子还相当好看，衣服又能够追随风气，所以在学校就常有男同学称她为"美人"，用"时代轮子转动了，我们一同漂流到这山国来"一类庸俗句子，写一些虽带做作，还不失去青春的热与香的信件。可是学校的书本和同学的殷勤都并不引起她多少兴趣。她需要的只是玩一玩，此外都不大关心。出门时也欢喜穿几件比较好看时新的衣服，打扮得体体面面，给人一个漂亮印象。宿舍中衣被可零乱而无秩序，金钱大部分用在吃食，最小部分方用来买书。她也学美术，历史，生物学，这一切知识都似乎只能同考试发生关系，绝不能同生活发生关系。也努力学外国文，最大目的只是能说话同洋人一样，得人赞美，并不想把它当成一个向人类崇高生命追求探索工具。做人无信心，无目的，无理想，正好象二十年前有人为她们争取解放，于是解放了。但事实上她并不知道真正要解放的是什么，因此在年龄相差不多的女同学中，最先解放了一个胃口，随时都需要吃，随处都可以吃。俨若每天任何一时都能够用食物填塞到胃囊中，表示消化力之强，同时象征生命正是需要最少最少的想象，需要最多最多实际事物的年龄。想起她们那个还待解放或已解放的"性"以及并无机会也好像不大需要解放的"头脑"，使人默然了。

这正是另外一种类型，大凡家中有三五个子侄亲友的，总可以在其中发现那么一个女孩子，引起感想是这些女人旧知识学不了，新知识说不上，一眼看去还好，可不许人想想好在哪里。从这种类型女子说来，上帝真像有点草率处，如果我们不宜把这问题牵引到"上帝"方面去，那就得承认这是"现代教育"的特点，只要她们读书，照二十年前习惯读书。读什么书？有什么用？谁都不大明白。作教育部长或大学教授的，作家长的，且似乎也永远不必需对这个问题明白，或提出一些明智有益的意见，对于人的教育，尤其是和民族最有关系的女子教育，一直到如今还脱不了在因习的自然状态下进行，实在是负责者无知与不负责的表现。

这种现代教育的特点，如果不能引起当局的关心，有计划的来勇敢改造，我们就得自己想办法。这同许多问题差不多，总得有个办法,方能应付"明天"和"未来"。对妇女本身幸福快乐言,若知道关心明天和未来,也方能够把生命有个更合理更有意义的安排。

现代教育特点事实上应当称为弱点,改造运动必需从修正这个弱点着手。修正方法消极方面是用礼貌节制她们的"胃",积极方面是用书本训练她们的"脑子"。一个新女性,应当是在饮食方面明白自制,在自然美方面还能够有兴致欣赏,且知道把从书本吸收一切人类广泛知识,看成是生命存在的特别权利,不仅仅当作学校或爸爸派定义务。扩大母性爱,对人类崇高美丽观念或现象充满敬慕与倾心,对是非好恶反应特别强,对现社会堕落与腐败能认识,又能避免。对作人兴趣特别浓厚也特别热诚,换言之,就是她既已从旧社会不良习惯观念中解放了出来,便能为新社会建立一个新的人格的标准,她不再是"自然"物,于人类社会关系上,仅仅注定尽生育义务,从这种义务上讨取生活,以得人怜爱为已足。她还应当作一个"人",用人的资格,好好处理她的头脑,运用到较高文化各方面追求上去,放大她的生命与人格,从书本上吸收,同时也就创造,在生活上学习,同时也就享受。

我们是不是可以希望这种新女性,在这个新社会大学校学生群中陆续发现?形成这个五光十色的人生,若决定于人的意志力,也许我们需要的倒是一种哲学,一种表现这个真正新的优美理想的人生哲学,用它来作土壤,培植中国的未来新女性。

三

看看自己用笔写下的一切，总觉得很痛苦，先以为我为运用文字而生，现在反觉得文字占有了我大部分生命，除此以外，别无所有，别无所余。

重读《月下小景》《八骏图》《自传》。八年前在青岛海边一梧桐树下面，见朝日阳光透树影照地下，纵横交错，心境虚廓，眼目明爽，因之写成各书。二十三年写《边城》，也是在一小小院落中老槐树下，日影同样由树干枝叶间漏下，心若有所悟，若有所契，无滓渣，少凝滞。这时节实无阳光，仅窗口一片细雨，不成烟，不成雾，天已垂暮。

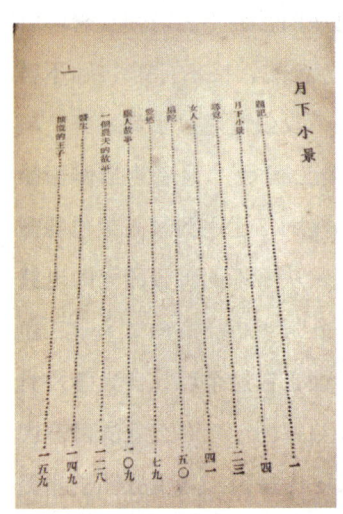
◎《月下小景》初版

和尚，道士，会员……人都俨然为一切名分而生存，为一切名词的迎拒取舍而生存，禁律益多，社会益复杂，禁律益严，人性即因之丧失净尽。许多所谓场面上人，事实上说来，不过如花园中的盆景，被人事强制曲折成为各种小巧而丑恶的形式罢了。一切所为，所成就，无一不表示对于"自然"之违反，见出社会的拙象和人的愚心。然而所有各种人生学说，却无一不即起源于承认这种种，重新给以说明与界限，更表示对"自然"倾心的本性，有所趋避，感到惶恐，这就是人生，也就是多数人生存下来的意义。

莫泊桑说："平常女子，大多数如有毛萝卜"。平常男子呢，一定还不如有毛萝卜，不过他并不说出，可是这个人，还是得生活在有毛无毛萝卜间数十年，到死为止，生前写了一本书，名叫《水上》，记载他活下来的感想，在有毛无毛萝卜间所见所闻所经验，得来的种种感想。那本书恼怒了当时多少衣冠中人，不大明白。但很显然，有些人因此得承认，事实上我们如今还俨然生存在萝卜田地中，附近到处是"生命"，是另外一种也贴近泥土也吸收雨露阳光，可不大会思索更不容许思索的生命。

因为《水上》，使我想起二十年前，在酉水中部某处一个小小码头边一种痛苦印象。有个老兵，那时害了很重的热病，躺在一只破烂空船中喘气等死，只自言自语说："我要死的，我要死的"，声音很沉很悲，当时看来极难受。送了他两个橘子，觉得甚不可解，为什么一个人要死？是活够了还是活厌了？过了一夜，天明后再去看看，人果然已经死了，死去后身体显得极瘦小，好像表示不愿意多占活人的空间，下陷的黑脸上有两只麻蝇爬着，橘子尚好好搁在身边。一切静寂，只听到水面微波嚼咬船板细碎声音，这个"过去"竟好好的保留在我印象中，活在我的印象中。

在他人看来，也许有点不可解，因为我觉得这种寂寞的死，比在城市中同一群莫名其妙的人热闹的生，倒有意义得多。

死既死不成，还得思活计。驻防在陕西的朋友×××来信说，"你想来这里，极表欢迎，我已和×将军说过了，来时可以十分自由，看你要看的，写你想写的。"我真愿意到黄河岸边去，和短衣汉子坐土窑里，面对汤汤浊流，寝馈在炮火铁雨中一年半载，必可将生命化零为整，单单纯纯的熬下去。走出这个琐碎，懒惰，敷衍，虚伪的衣冠社会，一分新的生活，或能够使我从单纯中得到一点新的信心。

四

吴稚晖先生说笑话，以为"人虽由虫豸进化而来，但进化到有灰白色脑髓质三斤十二两后，世界便大不相同。世界由人类处理，人自己也好好处理了自己。"其实这三斤多脑髓在人类中起巨大作用，还只是近百年来事情，至于周口店的猿人，头脑虽已经相当大，驾驭物质，征服自然，通说不上。当时日常生活，不过是把石头敲尖磨光，绑在一个木棒上，捉打懦弱笨小一点生物，茹毛饮血过日子罢了。论起求生，工具精巧伶便自由洒脱时，比一只蝴蝶穿得花枝招展，把长长的吸管向花心吮蜜，满足时一飞而去，事实上就差多了。但人之所以为人，也就在此。人类求生并不是容易事，必在能飞、能潜、能啮、能螫、能跑、能跳、能钻入地里、能寄生在别的生物身上，在一群大小不一生物中努力竞争，方能支持生命，在各种困苦艰难中训练出了一点能力，把能力扩大，延长，才有今日。

这么努力，正好像有点为上天所忌，所以在人类中直到如今，尚保留了两种本能：一种是好斗本能，一种是懒惰本能。好斗与求生有密切关系，但好斗与愚蠢在情绪上好像又有种希奇接合。换言之，就是古代斗的方式用于现代，常常不可免成为愚行。因此人固然产生了近代文明，然而近代文明也就大规模毁灭人的生命。战胜者同样毁灭，这成毁互见，可说是自然恶作剧事例之一。懒惰也似乎与求生不可分，即生命的新陈代谢，需要有个秩序安排，方能平均。有懒惰方可产生淘汰，促进新陈代谢作用，这世界若无一部分人懒惰，进步情形必大大不同，说不定会使许多生物都不能同时存在，即同属人类，较幼弱者亦恐无机会向上，即属同一种族，优秀而新起的，也不容易抬头。这可说是自然小聪明处另外一面。

好斗本能与愚行容易相混，大约是"工具"与"思想"发展不能同时并进的结果，是一时的现象，将来或可望改变。最大改变即求种族生存，不单纯诉诸武力与武器，另外尚可望发明一种工具，至少与武力武器有平行功效的工具。这工具是抽象的观念,非具体的枪炮,至于懒惰本能,形成它的原因,大致如下,即人虽与虫豸起居生活截然不同,脑子虽比多数生物分量重,花样多,但基本的愿望,多数还是与低级生物相去不多远,要生存,要发展。易言之,即是要满足食与性。所愿不深,容易达到,故易满足,自趋懒惰。一个民族中懒惰分子日多,从生物观点上说,不算是件坏事,从社会进步上说,也就相当可怕。但这种分子若属知识阶级,倒与他们所学"人为生物之一"原则相合。因为多数生物,能饱吃好睡,到性周期时生儿育女不受妨碍,即可得到生存愉快。人类当然需要这种安逸的愉快,不过知识积累,产生各样书本,包含各种观念,求生存图进步的贪心,因知识越多,问题也就越多。读书人若使用脑子,尽让这些事在脑子中旋转不已,会有多少苦恼,多少麻烦!事情显然明白,多数的读书人,将生命与生活来作各种抽象思索,对于他的脑子是不大相宜的。这些人大部分是因缘时会,或袭先人之余荫,虽在国内国外,读书一堆,知识上已成"专家"后,在做人意识上,其实还只是一个单位,一种"生物"。只要能吃,能睡,且能生育,即已满足愉快,并无何等幻想或理想推之向上或向前。尤其是不大愿因幻想理想而受苦,影响到已成习惯的日常生活太多。平时如此,即在战时,自然还是如此生活下来,俨然随时随处都可望安全而自足,为的是生存目的,只是目下安全而自足。罗素说"远虑"是人类的特点,其实远虑只是少数又少数人的特点。这种近代教育培养成的知识阶级,大多数是无足语的。

　　人当然应像个生物,尽手足勤劳贴近土地,使用锄头犁耙作工具以求生,是农民便更像一个生物的例子。至于知识分子呢,只好用他们玩牌兴趣嗜好来作说明了。照道理说来,这些人是已因抽象知识的增多,与生物的单纯越离越远的。但这些人却以此为不幸,为痛苦,实在也是不幸痛苦,所以就有人发明麻雀牌和扑克牌,把这些人的有用脑子转移到与人类进步完全不相干的小小得失悲欢上去。这么一来,这些上等人就不至于为知识所苦,生活得很像一个"生物"了。不过话说回来,若有人把这个现象从深处发掘,认为他们这点求娱乐习惯,是发源于与虫豸"本能"一致的要求时,他们却常常会感到受讽刺而不安。只是这不安事实上并不能把玩牌兴趣或需要去掉,亦不过依然是三四个人在牌桌旁发发牢骚罢了,为的是虫豸在习惯上比人价值低得多,所以有小小不安,玩牌在习惯上已成为上等人一种享乐,所以还是继续玩牌。

　　对于读书人玩牌的嗜好,我并不像许多老年人看法简单,以为是民族"堕落"问题。我只觉得这是一个"懒惰"现象,而且同时还承认是一个"自然"现象,因为这些人已能靠工作名分在社会有吃,有穿。作工作事都有个一定时间,只要不误事就不会受淘汰。受的既是普通所说近代教育,思想平凡而自私,根本上又并无什么生活理想,剩余生命的耗费,当然不是用扑克牌就是用麻雀牌。懒惰结果,从全个民族精力使用方式上来说，大不经济，但由这些上等人个人观点说，却好像是很潇洒而快乐的，由于这么一来，一面他是在享受自由承平时代公民的权利，一面他不思不想，可以更像一个生物（于此我们正可见出上帝之巧慧）。

譬如有一人，若超越习惯心与眼，对这种知识分子活在当前情形下，加以权利义务的检视，稍稍对于他们的生活观念与生活习惯感到怀疑和不敬，引起的反应，还是不会好。反应方式是这些人必一面依然玩牌，一面生气：你说我是虫豸，我倒偏要如此，你不玩牌，做圣人去好了。于是大家一阵哈哈大笑起来，"桃花杏花，皇后王子"，换牌洗牌，纠纷一团，时间也就过去了。或者意犹未平，就转述一点属于那个人的不相干谣言，抵补自己情绪上的损失，说到末了，依然一阵大笑。单纯生气，恼羞成怒，尚可救药，因为究竟有一根看不见的小刺签在这些知识分子的心上，刺虽极小，总得拔去。若只付之一笑，就不免如古人所说，"日光之下无新事"，当然一切还是照旧。

不知何故，这类小事细细想来，也就令人痛苦。我纵把这种懒惰本能解释为自然意思，玩牌又不过是表示人类求愉快之一种现象，还是不免痛苦。正因为我们还知道这个民族目前或将来想要与其他民族竞争生存，不管战时或承平，总之懒惰不得的。不特有许多事要人去做，还有许多事要人去想，而且事情居多是先要人想出一个条理头绪，方能叫人去做，一懒惰就糟糕。目下知识分子中的某些人，若能保留罗素所谓人类"远虑"长处多一些，岂不很好。眼见的是这种"人之师"，就无什么方法可以将他们的生活观重造，耗费剩余生命方式还只会玩牌，更年青一点的呢，且有从先生们剪花样造就自己趋势。

我们怎么办？是顺天体道，听其自然，还是不甘灭亡，另作打算？我们似乎还需要一些不能安于目前生活习惯与思想形式又不怕痛苦的年青读书人，或由于"远虑"，或由于"好事"，在一个较新观点上活下来，第一件事是能战胜懒惰。我们对于种族存亡的远虑，若认为至少应当如虫豸对于后嗣处理的谨慎认真，会觉得知识分子把一部分生命交给花骨头和花纸，实在是件可怕和可羞事情。

"怕"与"羞"两个字的意义，在过去时代，或因鬼神迷信与性的禁忌，在年青人情绪上占有一个重要位置，三千年民族生存与之不无关系。目下这两字意义却已大部分丢去了，所以使读书人感觉某种行为"可怕"或"可羞"，在迷信、禁忌以及法律以外产生这种感觉，实在是一种艰难伟大的工作，要许多有心人共同努力，方有结果，文学、艺术都得由此出发。可是这问题目下说来，正像痴人说梦，正因为所谓有心人的意识上，对许多事也就只是糊糊涂涂，马马虎虎，功利心切，虚荣心大，不敢向深处思索，俨然唯恐如此一来，就会溺死在自己思想中。抄抄撮撮，读书教书，轻松写作之余，还是乐意玩三百分数目散散心，生命相抵相销，末了等于一个零。

我似乎正在同上帝争斗。我明白许多事不可为,努力终究等于白费。口上沉默,我心并不沉默。我幻想在未来读书人中,还能重新用文学艺术激起他们"怕"和"羞"的情感。因远虑而自觉,把玩牌一事看成为唯有某种无用废人,如像老妓女一类人方能享受的特有娱乐,因为这些人到晚年实在相当可悯,已够令人同情了,这些人生活下来,脑子不必多所思索,尽职之余,总得娱乐散心,玩牌便是这些人最好散心工具。我那么想,简直是在同人类本来惰性争斗,同上帝争斗。

五

说他人不如说自己,记人事不如记心情。试从《三星在户》杂记中摘抄若干则,作烛虚五。

书本给我的启示极多。我欢喜《新约·哥林多书》记的一段:

> 我认得一个在基督里的人,……我认得这人,或在身内,或在身外,我都不知道,只有神知道。他被提到乐园里,听见隐秘的言语,是人不可说的。为这人,我要夸口。但是我为自己,除了我的软弱以外,我并不夸口。
>
> ——《哥林多书》十二章　四〇四页

办事处小楼上隔壁住了个木匠，终日锤子凿子，敲敲打打，声音不息。可是真正吵闹到我不能构思，不能休息的，似乎还是些无形的事物。一片颜色，一闪光，在回想中盘旋的一点笑和怨，支吾与矜持，过去与未来。

为了这一切，上帝知道我应当怎么办。

我需要清静，到一个绝对孤独环境里去消化消化生命中具体与抽象。最好去处是到个庙宇前小河旁边大石头上坐坐，这石头是被阳光和雨露漂白磨光了的。雨季来时上面长了些绿绒似的苔类，雨季一过，苔已干枯了，在一片未干枯苔上正开着小小蓝花白花，有细脚蜘蛛在旁边爬。河水从石罅间潋流，水中石子蚌壳都分分明明。石头旁长了一株大树，枝干苍青，叶已脱尽。我需要在这种地方，一个月或一天，我必须同外物完全隔绝，方能同"自己"重新接近。

黄昏时闻湖边人家竹园里有画眉鸣啭，使我感觉悲哀。因为这些声音对于我实在极熟习，又似乎完全陌生。二十年前这种声音常常把我灵魂带向高楼大厦灯火辉煌的城市里，事实上那时节我却是个小流氓，正坐在沅水支流一条小河边大石头上，面对一派清波做白日梦。如今居然已生活在二十年前的梦境里，而且感到厌倦了，我却明白了自己，始终还是个乡下人，但与乡村已离得很远很远了。

二十八年五月五日

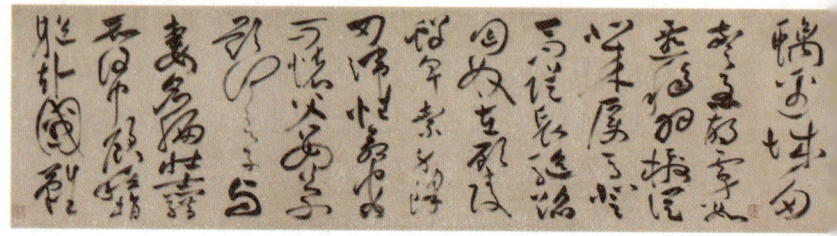

◎《草书手卷曹植诗四首》白马篇　明　祝允明

我发现在城市中活下来的我,生命俨然只淘剩一个空壳,正如一个荒凉的原野。一切在社会上具有商业价值的知识种子,或道德意义的观念种子,都不能生根发芽。个人的努力或他人的关心,都无结果。试仔细加以注意,这原野可发现一片水塘泽地,一些瘦小芦苇,一株半枯柽柳,一个死兽的骸骨,一只干田鼠,泽地角隅尚开着一丛丛小小白花紫花(抱春花)原野中唯一的春天。生命已被"时间""人事"剥蚀快尽了。天空中鸟也不再在这原野上飞过投个影子。生存俨然只是烦琐继续烦琐,什么都无意义。

百年后也许会有一个好事者,从我这个记载加以检举,判案似的说道:"这个人在若干年前已充分表示厌世精神"。要那么说,就尽管说好了,这于我是不相干的。

事实上我并不厌世。人生实在是一本大书,内容复杂,分量沉重,值得翻到个人所能翻看到的最后一页,而且必需慢慢的翻。我只是翻得太快,看了些不许看的事迹。我得稍稍休

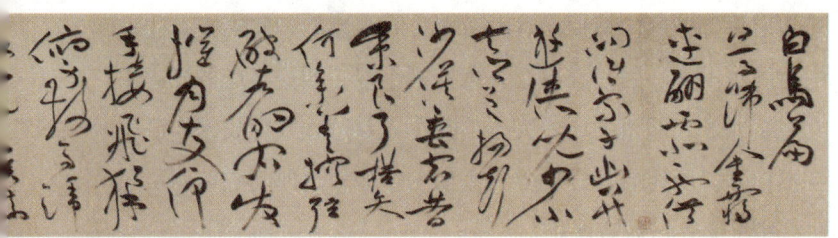

息,缓一口气。我过于爱有生一切,爱与死为邻,我因此常常想到死。在有生中,我发现了"美"。那本身形与线即代表一种最高的德性,使人乐于受它的统治,受它的处置。人的智慧无不由此影响而来。典雅词令与华美文学与之相比都见得黯然无光,如细碎星点在朗月照耀下同样黯然无光。它或者是一个人,一件物,一种抽象符号的结集排比,令人都只想低首表示虔敬。阿拉伯人在沙漠中用嘴唇触地,表示皈依真主,情绪和这种情形正复相同,意思是如此一来,虽不曾接近上帝真主,至少已接近上帝造物。

这种美或由上帝造物之手所产生,一片铜,一块石头,一把线,一组声音。其物虽小,可以见世界之大,并见世界之全。或即"造物",最直接最简便那个"人"。流星闪电刹那即逝,即从此显示一种美丽的圣境,人亦相同,一微笑,一皱眉,无不同样可以显出那种圣境。一个人的手足眉发在此一闪即逝缥缈的印象中,即无不可以见出造物者之手艺无比精巧。

凡知道用各种感觉捕捉住这种美丽神奇光影的，此光影在生命中即终生不灭。但丁，歌德，曹植，李煜，便是将这种光影用文字组成形式保留的比较完整的几个人。这些人写成的作品虽各不相同，所得启示必中外古今如一，即一刹那间被美丽所照耀，所征服，所教育是也。

"如中毒，如受电，当之者必喑哑萎悴，动弹不得，失其所信所守。"美之所以为美，恰恰如此。

我好单独，或许正希望从单独中接近印象里未消失那一点美。温习过去，即依然能令人神智清明，灵魂放光，恢复情感中业已失去甚久之哀乐弹性。

五月十日

宇宙实在是个极复杂的东西。大如太空列宿，小至蚍蜉蝼蚁，一切分裂与分解，一切繁殖与死亡，一切活动与变易，俨然都各有秩序，照固定计划向一个目的进行。然而这种目的，却尚在活人思索观念边际以外，难于说明。人心复杂，似有过之无不及，然而目的却显然明白，即求生命永生。永生意义，或为生命分裂而成子嗣延续，或凭不同材料产生文学艺术，也有人仅仅从抽象产生一种境界，在这种境界中陶醉，于是得到永生快乐的。

我不懂音乐，倒常常想用音乐表现这种境界。正因为这种境界，似乎用文字颜色以及一切坚硬的物质器材通通不易保存

（本身极不具体，当然不能用具体之物保存）。如知和声作曲，必可制成若干动人乐章。

表现一抽象美丽印象，文字不如绘画，绘画不如数学，数学似乎又不如音乐。因为大部分所谓"印象"动人，多近于从具体事实感官经验而得到这印象，用文字保存，虽困难尚不十分困难。但由幻想而来的形式流动不居的美，就只有音乐，或宏壮，或柔静，同样在抽象形式中流动，方可望能将它好好保存并重现。

试举一例。仿佛某时、某地、某人，微风拂面，山花照眼，河水浑浊而有生气，漂浮着菜叶。有小小青蛙在河畔草丛间跳跃，远处母黄牛在豆田阡陌间长声唤子，上游或下游不知何处有造船人斧斤声，遥度山谷而至。河边有紫花，红花，白花，蓝花，每一种花每一种颜色都包含一种动人的回忆和美丽联想。试摘蓝花一束，抛向河中，让它与菜叶一同逐流而去，再追索这花色香的历史，则长发，粉脸，素足都一一于印象中显现，似陌生，似熟习。本来各自分散，不相粘附，这时节忽拼合成一完整形体，美目含睇，手足微动，如闻清歌，似有爱怨。……稍过一时，一切已消失无余，只觉一白鸽在虚空飞翔，在不占据他人视线与其它物质的心的虚空中飞翔。一片白光荡摇不定，无声，无香，只一片白。《法华经》虽有对于这种情绪极美丽形容，尚令人感觉文字大不济事，难于捕捉这种境界。……又稍过一时，明窗绿树，已成陈迹，惟窗前尚有小小红花在印象中鲜艳夺目,如焚如烧。这颗心也同样如焚如烧……唉,上帝。生命之火燃了又熄了,一点蓝焰,一堆灰。谁看到,谁明白,谁相信。

我说的是什么?凡能著于文字的事事物物,不过一个人的幻想之糟粕而已。

天气阴雨,对街瓦沟一片苔因雨而绿,逼近眼边。心之所注,亦如在虚幻中因雨而绿,且开花似碎锦,一片芬芳,温静美好,不可用言语形容。白日既去,黄昏随来,夜已深静,我尚依然坐在桌边,不知何事必需如此有意挫折自己肉体,求得另外一种解脱。解脱不得,自然困缚转加,直到四点。闻鸡叫声,方把灯一扭熄,眼已润湿。看看窗间横格已有微白,如闻一极熟习语音,

◎《山雨欲来图轴》 清 袁耀

带着自得其乐的神气说,"荷叶田田,露似银珠",不知何意,但声音十分柔美。因此又如有秀腰白齿,往来于一巨大梧桐树下。桐荚如小船,缀有梧子,思接手牵引,既不可及,忽尔一笑,翻成愁苦。

凡此种种,如由莫扎特用音符排组,自然即可望在人间成一惊心动魄佚神荡志乐曲。目前就手中所有,不过一支破笔,一堆附有各种历史上的霉斑与俗气意义文字而已。用这种文字写出来时,自然好像不免有些陈腐,有些颓废,有些不可解。

上帝吝于人者甚多。人若明白这一点,必求其自取自用。求自取自用,以"人"教育"我"是唯一方法,教育"我"的事照例于"人"无损,扩大自我,不过更明白"人"而已。

天之予人经验,厚薄多方,不可一例。耳目口鼻虽同具一种外形,一种同样能感受吸收外物外事本性,可是生命的深度,人与人实在相去悬远。读万卷书,行万里路,自然有浩浩然雍雍然书卷气和豪爽气。然而识万种人,明白万种人事,从其中求同识差,有此一分知识,似乎也不是坏事。知人方足以论世,知人在大千世界中虽只占一个极平常地位,而且个体生命又甚短促,然而手脑并用,工具与观念堆积日多,人类因之就日有进步,日趋复杂,直到如今情形。所谓知人,并非认识其复杂,只是归纳万汇,把人认为一单纯不过之"生物"而已。极少人能违反生物原则,换言之,便是极少人能避免自然所派定义务,"爱"与"死"。人既必死,即应在生存时知所以生。故孔子说:"未知生,焉知死"。多数人以为能好好吃喝,生儿育女,即所谓知生。然而尚应当有少数人知生存意义,不仅仅是吃喝了事。爱就是生的一种方式,知道爱的也并不多。

我实需要"静"。用它来培养"知",启发"慧",悟彻"爱"和"怨"等等文字相对的意义。到明白较多后,再用它来重新给"人"好好作一度诠释,超越世俗爱憎哀乐的方式,探索"人"的灵魂深处或意识边际,发现"人",说明"爱"与"死"可能具有若干新的形式。这工作必然可将那个"我"扩大,占有更大的空间,或更长久的时间。

可是目前问题呢,我仿佛正在从各种努力上将自己生命缩小。似乎必如此方能发现自己,得到自己,认识自己。"吾丧我"!我恰如在找寻中,生命或灵魂都已破破碎碎,得重新用一种带胶性观念把它粘合起来,或用别一种人格的光和热照耀烘炙,方能有一个新生的我。

可是,这个我的存在,还为的是反照人。正因为一个人的青春是需要装饰的,如不能用智慧来装饰,就用愚戆也无妨。

长庚

一

久不出门,天雨闷人,上街去买点书,买点杂用事物,同时也想看看人,从"无言之教"得到一点启发。街上人多如蛆,杂声嚣闹。尤以带女性的男子话语到处可闻,很觉得古怪。心想:这正是中华民族的悲剧。雄身而雌声的人特别多,不祥之至。人既雄身而雌声,因此国事与家事便常相混淆,不可分别。"亲戚"不仅在政治上是个有势力有实力的名词,经济,教育,文学,任何一方面事业,也与"亲戚"关系特别深。"外戚""宦官"虽已成为历史上名词,事实上我们三千年的历史一面固可夸耀,一面也就不知不觉支配到这个民族,困缚了这个民族的命运。如今有多少人作事,不是因"亲戚"面子得来!有多少从政者,不是用一个阉宦风格,取悦逢迎,巩固他的大小地位!这也就名为"政治"。走来走去,看到这种政治人物不少,心转悲戚。活在这种人群中,俨若生存只是一

◎陈思王集

种嘲讽。

晚上到承华圃送个朋友到医院去,闻几个"知识阶级"玩牌争吵声,油然生悲悯心。觉人生长勤,各有其分。正如陈思王(即曹植)。陈为封地,思为谥。佚诗,"巢许让天下,商贾争一钱";在争让中就可见出所谓人生两极。这两极分野,并不以教育身分为标准。换言之,孰是不以识字多少或社会地位大小为标准。刚为圆颅方踵,不识字身分低的人,三年战争的种种表现,尽人皆知。至于有许多受过高等教育,在外表上称绅士淑女的,事实上这种人的生活兴趣,不过同虫蚁一样,在庸俗的污泥里滚爬罢了。这种人在滚爬中也居然搀杂泪和笑,活下来,就活在这种小小得失恩怨中,死去了,世界上少了一个"知识阶级",如此而已。这种人照例永远还是社会中的"多数"。历史虽变,人性不变,所以屈原两千年前就有餔糟啜醨以谐俗的愤激话。这个感情丰富作人认真的楚国贤臣,虽装做世故,势不可能,众醉独醒,作人不易,到末了还是自沉清流,一死了事。人虽死了,事还是不了的。两千年后的考据家,便很肯定的说:"屈原是个疯子。政治上不得意,所以发疯自杀。"这几句话倒说明了另外一件事实,近代中国从政者自杀之少,原来政治家不得于此者还可望得意于彼,所以不会疯,也从不闻自杀。可是任何时代,一个人脑子若从人事上作较深思索,理想同事实对面,神经张力逾限,稳定不住自己,当然会发疯,会自杀!再不然,他这种思索的方式,也会被人当作疯子,或被人杀头的。庄子既不肯自杀,也不愿被杀,所以宁曳尾泥涂以乐天年。同样近于自沉,即将生命沉于一个对人生轻嘲与鄙视的态度中。这态度稳定了他,救活了一条老命,多活几年,看尽了政治上得意成功人的种种,也骂尽了这种得意成功人的丑态,死去时,却得到一个"聪明人"称呼,作品且为后来道家一部重要经典。其实两个人对于他们所熟习的中层分子,是同样感到完全绝望的。虽然两千年来两人的作品,还靠的是这种中层分子来捧场,来欣赏,来研究。

二

在乡下住,黄昏时独自到后山高处去,望天空云影,由紫转黑,天空尚净白,云已墨黑。树影亦如墨色,夜尚未来。远望滇池,一片薄烟。令人十分感动。在仙人掌作成的篱笆间,看长脚蜘蛛缀网,经营甚力,忽若有契于心。人生百年长勤,大都如是!捕蚊提虫,其事虽小,然与生存大有关系,便自然会有意义。世界上有不少人所思所愿,脑子中转来运去。恐怕总逃不出"果口腹"打算。所愿不多,故易满足。既能满足,即趋懒惰。读书人对学问不进步处,对人事是非好坏麻木处,对生活无可不可处。无不是这种人得到满足以后的反应。若不明白近年来中层阶级的不振作,从此可以得到贴近事实的解释。然人能贴近生活,即俨然接近自然,成为生物之一种,从"万物之灵"回到"脊椎动物",也可谓上帝一种巧妙安排。上帝知道,世人所谓得失哀乐,离我多远!

住小楼上,半夜闻山中狼嗥。在窗口见一星子,光弱而美,如有所顾盼。耳目所接,却俨然比若干被人称为伟人功名巨匠作品留给我的印象,清楚深刻得多。

三

得××来信说:"从最近文章看来,你近来生活似乎十分消沉，值得同情。"回信告她说："不用同情"。我人并没有衰老，何尝消沉？惟沉默已久，分析一番，也只是人太年青一点必然现象。我正感觉楚人血液给我一种命定的悲剧性。生命中储下的决堤溃防潜力太大太猛，对一切当前存在的"事实""纲要""设计""理想"，都找寻不出一点证据，可证明它是出于这个民族最优秀头脑与真实情感的产物。只看到它完全建筑在少数人的霸道无知和多数人的迁就虚伪上面。政治、哲学、文学、美术，背面都给一个"市侩"人生观在推行。由于外来现象的困缚，与一己信心的固持，我无一时不在战争中，无一时不在抽象与实际的战争中，推挽撑拒，总不休息。沉默正是这战争的发展。古人说，"三十而立，四十而不惑"，我的年龄恰恰在两者之间。一年来战争的结果，感觉生命已得到了稳定，生长了一种信心。相信一切由庸俗腐败小气自私市侩人生观建筑的有形社会和无形观念，都可以用文字作为工具，去摧毁重建。

从"五四"到如今，廿年来由于这个工具的误用与滥用，在士大夫新陈代谢情形中，进步和退化现象，都明明白白看得出。其属于精神堕落处，正由于工具误用，在受过高等教育的公务员中，就不知不觉培养成一种阉宦似的阴性人格，以阿谀作政术，相互竞争。这相互竞争的结果，在个人功名事业为上升，在整个民族向上发展即受妨碍。同时在专家或教育界知识分子中，则造成一种麻木风气。任何人都知道这么拖下去不成,可是任何人还是一事不作,坐以待毙。麻木风气表现于个人性格上,大家都只图在窄小人圈子里独善其身,把所学一切只当成换吃换喝工具,别的毫无意义。这些人生存的意义既只是养家活口,因此凡一切进步理想,都不能引起何等良好作用,只要同他们当前生活略为冲突时,还总不免要想方设法加以抵制。观念的凝固,无形中即助长恶势力的伸张,与投机小人的行险侥幸。我因此感到,工具使用的方式,实在是一件大事,值得庄严谨慎来检校一番。

其次,看看二十年来用文字作工具,使这个民族自信心的生长,有了多少成就。从成就上说,便使我相信,经典性作品的产生,不是不可能的。但这种新作品的产生,还待多数从各方面来努力。这努力的起始,是有识者将写作的专利,从少数"职业作家"独占情形下解放,另外从一个更宽广的社会中去发现作家,鼓励作家,培养作家。

又其次是新经典性新作品的原则,当从一个崭新观点去建设这个国家有形社会和无形观念。尤其是属于做人的无形观念重要。勇敢与健康,对于更好的明天或未来人类的崇高理想的向往。为追求理想,牺牲心的激发……更重要点是从生物学新陈代谢自然律上,肯定人生新陈代谢之不可免,由新的理性产生"意志",且明白种族延续国家存亡全在乎"意志",并非东方式传统信仰的"命运"。用"意志"代替"命运",把生命的使用,在这个新观点上变成有计划而能具连续性,是一切新经典的根本。

　　从"五四"到今年正好二十周年。一个人刚刚成熟的年龄。修正这个运动的弱点,发展这个运动长处,再来个二十年努力,是我们的责任也是我们的权利。两年来的沉默,得到那么一个结论。屈原的愤世,庄周的玩世,现在是不成了。理性在活生生的人事中培养了两千年,应当有了些进步。生命的意义,若同样是与愚迷战争,它使用的工具,仍离不了文字,这工具的使用方法,值得我们好好的来思索思索。

水云

——我怎么创造故事，故事怎么创造我

青岛的五月，是个希奇古怪的时节，从二月起的交换季候风忽然一息后，阳光热力到了地面，天气即刻暖和起来。树林深处，有了啄木鸟的踪迹和黄莺的鸣声。公园中梅花、桃花、玉兰、郁李、棣棠、海棠和樱花，正像约好了日子，都一齐开放了花朵。到处都聚集了些游人，穿起初上身的称身春服，携带酒食和糖果，坐在花木下边草地上赏花取乐。就中有些从南北大都市来看樱花作短期旅行的，从外表上一望也可明白。这些人为表示当前为自然解放后的从容和快乐，多仰卧在草地上，用手枕着头，被天上云影、压枝繁花弄得发迷。口中还轻轻吹着唿哨，学林中鸣禽唤春。女人多站在草地上为孩子们照相，孩子们却在花树间各处乱跑。

就在这种阳春烟景中，我偶然看到一个人的一首小诗，大意说，地上一切花果都从阳光取得生命的芳馥，人在自然秩序

中,也只是一种生物,还待从阳光中取得营养和教育。因此常常欢喜孤独伶俜的,带了几个硬绿苹果,带了两本书,向阳光较多无人注意的海边走去。照习惯我是对准日出方向,沿海岸往东走。夸父追日我却迎赶日头,不担心半道会渴死。走过了浴场,走过了炮台,走过了那个建筑在海湾石堆上俄国什么公爵的大房子……一直到太平角凸出海中那个黛色大石堆上,方不再向前进。这个地方前面已是一片碧绿大海,远远可看见水灵山岛的灰色圆影,和海上船只驶过时在浅紫色天末留下那一缕淡烟。我身背后是一片马尾松林,好像一个一个翠绿扫帚,归拂天云,矮矮的疏的马尾松下,到处有一丛丛淡蓝色和黄白间杂野花在任意开放。花丛间常常可看到一对对小面伶俐麻褐色野兔,神气天真烂漫,在那里追逐游戏。这地方还无一座房子,游人稀少,本来应分算是这些小小生物的特别区,所以与陌生人互相发现时,必不免抱有三分好奇,眼珠子骨碌碌的对人望望。望了好一会,似乎从神情间看出了一点危险,或猜想到"人"是什么,方憬然惊悟,猛回头在草树间奔窜。逃走时恰恰如一个毛团弹子一样迅速,也如一个弹子那么忽然触着树身而转折,更换个方向继续奔窜。这聪敏活泼生物。终于在绿色马尾松和杂花间消失了。我于是好像有点抱歉,来估想它受惊以后跑回窠中的情形。它们照便是用埋在地下的引水陶筒作家的,因为里面四通八达,合乎传说上的三窟意义。进去以后,必挤得紧紧的,为求安全准备第二次逃奔,因为有时很可能是被一匹狗追逐,狗尚徘徊在水道口。过一会儿心定了一点,小心谨慎从水道口露出那两个毛茸茸的小耳朵和光头来,听听远近风声,从经验明白"天下太平"后,方重新到草树间来游戏。

我坐的地方八尺以外,便是一道陡峻的悬崖,向下直插入深海中。若想自杀,只要稍稍用力向前一跃,就可坠崖而下,掉进海水里喂鱼吃。海水有时平静不波,如一片光滑的玻璃。有时可看到两三丈高的大浪头,载着皱折的白帽子,直向岩石下扑撞,结果这浪头却变成一片银白色的水沫,一阵带咸味的雾雨。我一面让和暖阳光烘炙肩背手足,取得生命所需要的热和力,一面却用面前这片大海教育我,淘深我的生命。时间长,次数多,天与树与海的形色气味,便静静的溶解到了我绝对单独的灵魂里。我虽寂寞却并不悲伤。因为从默会遐想中,感觉到生命智慧和力量。心脏跳跃节奏中,即俨然有形式完美韵律清新的诗歌,和调子柔软而充满青春纪念的音乐。

"名誉、金钱或爱情,什么都没有,这不算什么。我有一颗能为一切现世光影而跳跃的心,就很够了。这颗心不仅能够梦想一切,而且可以完全实现它。一切花草既都能从阳光下得到生机,各自于阳春烟景中芳菲一时,我的生命上的花朵,也待发展,待开放,必有惊人的美丽与芳香。"

我仰卧时那么打量。一起身,另外一种回答就起自中心深处。这正是想象碰着边际时所引起的一种回音。回音中见出一点世故,一点冷嘲,一种受社会挫折蹂躏过的记号。

"一个人心情骄傲,性格孤僻,未必就能够作战士,应当时时刻刻记住,得谨慎小心,你到的原是个深海边。身体纵不至于掉进海里去,一颗心若掉到梦想的幻异境界中去,也相当危险,挣扎出来并不容易。"

这点世故对于当时的我并不需要,因此我重新躺下去,俨若表示业已心甘情愿受我选定的生活选定的人所征服。我等待这种征服。

"为什么要挣扎?倘若那正是我要到的去处,用不着使力挣扎的。我一定放弃任何抵抗愿望。一直向下沉。不管它是带咸味的海水,还是带苦味的人生,我要沉到底为止。这才像是生活,是生命。我需要的就是绝对的皈依,从皈依中见到神。我是个乡下人,走到任何一处照便都带了一把尺,一把秤,和普遍社会总是不合。一切来到我命运中的事事物物,我有我自己的尺寸和分量,来证实生命的价值和意义。我用不着你们名叫'社会'为制定的那个东西,我讨厌一般标准,尤其是什么思想家为扭曲蠹蚀人性而定下的乡愿蠢事。这种思想算是什么?不过是少年时男女欲望受压抑,中年时权势欲望受打击,老年时体力活动受限制,因之用这个来弥补自己并向人间复仇的人病态的表示罢了。这种人从来就是不健康的,哪能够希望有个健康人生观。"

"好,你不妨试试看,能不能使用你自己那个尺和秤,去量量你和人的关系。"

"你难道不相信吗?"

"你应当自己有自信,不用担心别人不相信。一个人常常因为对自己缺少自信,才要从别人相信中得到证明。政治上纠纠纷纷,以及在这种纠纷中的牺牲,使百万人在面前流血,流血的意义就为的是可增加某种人自己那点自信。在普通人事关系上,且有人自信不过,又无从用牺牲他人得到证明。所以一失了恋就自杀的。这种人做了一件其蠢无以复加的行为,还以为自己是在追求生命最高的意义,而且得取了它。"

"我只为的是如你所谓灵魂上的骄傲,也要始终保留着那点自信!"

"那自然极好,因为凡真有自信的人,不问他的自信是从官能健康或观念顽固而来,都可望能够赢得他人的承认。不过你得注意,风不常向一定方向吹。我们生活中到处是'偶然',生命中还有比理性更具势力的'情感'。一个人的一生可说即由偶然和情感乘除而来。你虽不迷信命运,新的偶然和情感,可将形成你明天的命运,决定他后天的命运。"

"我自信我能得到我所要的,也能拒绝我不要的。"

"这只限于选购牙刷一类小事情。另外一件小事情,就会发现势不可能。至于在人事上,你不能有意得到那个偶然的凑巧,也无从拒绝那个附于情感上的弱点。"

辩论到这点时,仿佛自尊心起始受了点损害,躺着向天的那个我,沉默了。坐着望梅的那个我,因此也沉默了。

试看看面前的大海,海水明蓝而静寂,温厚而蕴藉。虽明知中途必有若干海岛,可供候鸟迁移时栖息,且一直向前,终可到达一个绿芜无限的彼岸。但一个缺少航海经验的人,是无从用想象去证实的,这也正与一个人的生命相似。再试抬头看看天空云影,并温习另外一时同样天空的云影,我便俨若有会于心。因为海上的云彩实在丰富异常。有时五色相渲,千变万化,天空如张开一张锦毯。有时又素净纯洁,天空但见一片绿玉,别无它物。这地方一年中有大半年天空中竟完全是一幅神奇的图画,有青春的嘘息,触起人狂想和梦想,看来令人起轻快感、温柔感、音乐感、情欲感。海市蜃楼就在这种天空中显现,它虽不常在人眼底,却永远在人心中。秦皇汉武的事业,同样结束在一个长生不死青春常住的梦境里,不是毫无道理的。

然而这应当是偶然和情感乘除,此外还有点别的什么?

我不羡慕神仙,因为我是个凡人。我还不曾受过任何女人关心,也不曾怎么关心过别的女人。我在移动云影下,做了些年青人所能做的梦。我明白我这颗心在情分取予得失上,受得住人的冷淡糟蹋,也载得起来的忘我狂欢。我试重新询问我自己。"什么人能在我生命中如一条虹,一粒星子,在记忆中永远忘不了?应当有那么一个人。"

"怎么这样谦虚得小气?这种人虽行将就要陆续来到你的

生命中,各自保有一点势力。这些人名字都叫做'偶然'。名字有点俗气,但你并不讨厌它,因为它比虹和星还固定性,还无再现性。它过身,留下一点什么在这个世界上一个人的心上;它消失,当真就消失了,除了留在心上那个痕迹,说不定从此就永远消失了。这消失也不会使人悲观,为的是它曾经活在你心上过,并且到处是偶然。"

"我是不是也能够在另外一个生命中保留一种势力?"

"这应当看你的情感。"

"难道我和人对于自己,都不能照一种预定计划去作一点……"

"唉,得了。什么计划?你意思是不是说那个理性可以为你决定一件事情,而这事情又恰恰是上帝从不曾交把任何一个人的?你试想想看,能不能决定三点钟以后,从海边回到你那个住处去,半路上会有些什么事情等待你?这些事影响到一年两年后的生活可能有多大?若这一点你失败了,那其他的事情,显然就超过你智力和能力以外更远了。这种测验对于你也不是件坏事情。因为可让你明白偶然和感情将来在你生命中的种种,说不定还可以增加你一点忧患来临的容忍力也就是新的道家思想,在某一点某一事上,你得有点信天委命的达观,你因此才能泰然坦然继续活下去。"我于是靠在一株马尾松旁边,一面采摘那些杂色不知名野花,一面试去想象,下午回去半路上可能发生的一切事情。

到下午四点钟左右,我预备回家了。在惠泉浴场潮水退落后的海滩泥地上,看见一把被海水漂成白色的小螺蚌,在散乱的地面返着珍珠光泽。从螺蚌形色,可推测得这是一个细心的人的成绩。我猜想这也许是个随同家中人到海滩上来游玩的女孩子,用两只小而美丽的手,精心细意把它从砂砾中选出,玩过一阵以后,手中有了一点温汗,怪不受用,又还舍不得抛弃。恰好见家中人在前面休息处从藤提篮中取出苹果,得到个理由要把手弄干净一点,就将它塞在保姆手里,不再关心这个东西了。保姆把这些螺蚌残骸捏在大手里一会儿,又为另外一个原因,把它随意丢在这里了。因为湿地上留下一列极长的足印,就中有个是小女孩留下的,我为追踪这个足印,方发现了它。这足印到此为止,随后即斜斜的向可供休息的一个大石边走去,步伐已较宽,脚印也较深,可知是跑去的。并且石头上还有些苹果香蕉皮屑。我于是把那些美丽螺蚌一一捡到手中,因为这些过去生命,保留了一些别的生命的美丽天真愿望活在我的想象中。

再走过去一点,我又追踪另外两个脚迹走去,从大小上可看出这是一对年青伴侣留下的。到一个最适宜于看海上风帆的地点,两个脚迹稍深了点,乱了点,似乎曾经停留了一会儿。从男人手杖尖端划在砂上的几条无意义的曲线,和一些三角形与圆圈,和一个装胶卷的小黄纸盒,可推测得出这对年青伴侣,说不定到了这里,恰好看见海上一片三角形白帆驶过,因为欣赏景致停顿了一会儿,还照了个相。照相的很可能是女人,手杖在砂上画的曲线和其他,就代表男子闲坐与一点厌烦。在这个地方照相,又可知是一对外来游人,照规矩,本地人是不会在这个地方照相的。

再走过去一点,到海滩滩头时,我碰到一个敲拾牡蛎的穷女孩,竹篮中装了一些牡蛎和一把黄花。

于是我回到了住处。上楼梯时楼梯照样轧轧的响,从这响声中就可知并无什么意外事发生。从一个同事半开房门中,可看到墙壁上一张有香烟广告美人画。另外一个同事窗台上,依稀有个鱼肝油空瓶。一切都照样。尤其是楼下厨房中大师傅,在调羹和味时那些碗盏磕碰声音,以及那点从楼口上溢的扑鼻香味,更增加凡事照常的感觉。我不免对于在海边那个宿命论与不可知论的我,觉得有点相信不过。

其时尚未黄昏,住处小院子十分清寂,远在三里外的海上细语啮岸声音,也听得很清楚。院子内花坛中一大丛珍珠梅,脆弱枝条上繁花如雪。我独自在院中划有方格的水泥道上来回散步,一面走一面思索些抽象问题。恰恰如《歌德传记》中说他二十多岁时在一个钟楼上看村景心情,身边手边除了本诗集什么都没有,可是世界上一切都俨然为他而存在。用一颗心去为一切光色声音气味而跳跃,比用两条强壮手臂对于一个女人所能作的还更多。可是多多少少有一点儿难受,好像在有所等待,可不知要来的是什么。远远的忽然听到女人笑语声,抬头看看,就发现短墙外拉斜下去的山路旁,那个加拿大白杨林边,正有个年事轻轻的女人,穿着件式样称身的黄绸袍子,走过草坪去追赶一个女伴。另外一处却有个"上海人"模样穿旅行装的二号胖子,携带两个孩子,在招呼他们。我心想,怕是什么银行中人来看樱花吧。这些人照例住第一宾馆的头等房间,上馆子时必叫"甲鲫鱼",还要到炮台边去照几个相,一切行为都反应他钱袋的饱满和兴趣的庸俗。女的很可能因为从上海来的,衣服都很时髦,可是脑子都空空洞洞,除了从电影上追求女角的头发式样,算是生命中至高的悦乐,此外竟毫无所知。

过不久,同住的几个专家陆续从学校回来了,于是照例开饭。甲乙丙丁戊己庚辛坐满了一桌子,再加上一位陌生女客,一个受过北平高等学校教育上海高等时髦教育的女人。照表面看,这个女人可说是完美无疵,大学教授理想的太太,照言谈看,这个女人并且对于文学艺术竟像是无不当行。不凑巧平时吃保肾丸的教授乙,饭后拿了个手卷人物画来欣赏时,这个漂亮女客却特别对画上的人物数目感兴趣,这一来,我就明白女客精神上还是大观园拿花荷包的人物了。

到了晚上,我想起"偶然"和"情感"两个名词,不免重新有点不平。好像一个对生命有计划对理性有信心的我,被另一个宿命论不可知论的我战败了。虽然败还不服输,所以总得想方法来证实一下。当时唯一可证实我是能够有理想照理想活下去的事，即使用手上一支笔写点什么。先是为一个远在千里外女孩子写了些信，预备把白天海滩上无意中得到的螺蚌附在信里寄去，因为叙述这些螺蚌的来源，我不免将海上光景描绘一番。这种信写成后使我不免有点难过起来，心俨然沉到一种绝望的泥潭里了，为自救自解计，才另外来写个故事。我以为由我自己把命运安排得十分美丽，若势不可能，安排一个小小故事，应当不太困难。我想试试看能不能在空中建造一个式样新奇的楼阁。我无中生有，就日中所见，重新拼合写下去，我应当承认，在写到故事一小部分时，情感即已抬了头。我一直写到天明，还不曾离开桌边，且经过二十三个钟头，只吃过三个硬苹果。写到一半时，我方在前面加个题目：《八骏图》。第五天后，故事居然写成功了。第二十七天后，故事便在上海一个刊物上发表了。刊物从上海寄过青岛时，同住几个专家都觉得被我讥讽了一下，都以为自己即故事上甲乙丙丁，完全不想到我写它的用意，只是在组织一个梦境。至于用来表现"人"在各种限制下所见出的性心理错综情感，我从中抽出式样不同的几种人，用语言、行为、联想、比喻以及其他方式来描写它。这些人照样活一世，并不以为难受，到被别人如此艺术的加以处理时，看来反而难受，在我当时竟觉得大不可解。这故事虽得来些不必要麻烦，且影响到我后来放弃教学的理想，可是一般读者却因故事和题目巧合，表现方法相当新，处理情感相当美，留下个较好印象。且以为一定真有那么一会事，因此按照上海风气,为我故事来作索引,就中男男女女都有名有姓。这种索引自然是不可信的,尤其是说到的女人,近于猜谜。这种猜谜既无关大旨,所以我只用微笑和沉默作为答复。夏天来了,大家都向海边跑,我却留在山上。有一天,独自在学校旁一列梧桐树下散步,太阳光从梧桐大叶空隙间滤过,光影印在地面上,纵横交错,俨若有所契,有所悟,只觉得生命和一切都交互溶解在光影中。这时节,我又照例成为两种对立的人格。

我稍稍有点自骄,有点兴奋,"什么是偶然和情感?我要做的事,就可以做。世界上不可能用任何人力材料建筑的宫殿和城堡,原可以用文字作成功的。有人用文字写人类行为的历史。我要写我自己的心和梦的历史。我试验过了,还要从另外一些方面作种种试验。"

那个回音依然是冷冷的,"这不是最好的例,若用前事作例,倒恰好证明前次说的偶然和情感实决定你这个作品的形式和内容,你偶然遇到几件琐碎事情,在情感兴奋中粘合贯串了这些事情,末了就写成了那么一个故事。你再写写看,就知道你单是'要写',并不成功了。文字虽能建筑宫殿和城堡,可是那个图样却是另外一时的偶然和情感决定的。"

"这是一种诡辩。时间将为证明,我要做什么,必能做什么。"

"别说你'能'作什么,你不知道,就是你'要'作什么,难道还不是由偶然和情感乘除来决定？人应当有自信，但不许超越那个限度。"

"情感难道不属于我？不由我控制？"

"它属于你，可并不如由知识堆积而来的理性，能供你使唤。只能说你属于它，它又属于生理上的'性'，性又属于人事机缘上的那个偶然。它能使你生命如有光辉，就是它恰恰如一个星体为阳光照及时。你能不能知道阳光在地面上产生了多少生命，具有多少不同形式？你能不能知道有多少生命名字叫作'女人'，在什么情形下就使你生命放光，情感发炎？你能不能估计有什么在阳光下生长中的生命，到某一时原来恰恰就在支配你，成就你？这一切你全不知道！"

"……"

这似乎太空虚了点，正像一个人在抽象中游泳，这样游来游去，自然不会到达那个理想或事实边际。如果是海水，还可推测得出本身浮沉和位置。如今只是抽象，一切都超越感觉以上，因此我不免有点恐怖起来。我赶忙离开了树下日影，向人群集中处走去，到了熙来攘往的大街上。这一来，两个我照例都消失了。只见陌生人林林总总，在为一切事而忙。商店和银行，饭馆和理发馆，到处有人进出。人与人关系变得复杂到不可思议，然而又异常单纯的一律受钞票所控制。到处有人在得失上爱憎，在得失上笑骂，在得失上作种种表示。离开了大街。转到市政府和教堂时，就可使人想到这是历史上种种得失竞争的象征。或用文字制作经典，或用木石造作虽庞大却极不雅观的建筑物，共同支撑一部分前人意见，而照例更支撑了多数后人的衣禄。……不知如何一来，一切人事在我眼前都变成了漫画，既虚伪，又俗气，而且反复继续下去，不知到何时为止。但觉人生百年长勤，所得于物虽不少，所得于己实不多。

我俨然就休息到这种对人事的感慨上，虽累而不十分疲倦。我在那座教堂石阶上面对大海坐了许久。

回来时，我想除去那些漫画印象和不必要的人事感慨，就重新使用这支笔，来把佛经中小故事放大翻新，注入我生命中属于情绪散步的种种纤细感觉和荒唐想象。我认为，人生为追求抽象原则，应超越功利得失和贫富等级，去处理生命与生活。我认为，人生至少还容许用将来重新安排一次，就那么试来重作安排，因此又写成一本《月下小景》。

两年后，《八骏图》和《月下小景》结束了我的教书生活，也结束了我海边孤寂中的那种情绪生活。两年前偶然写成的一个小说，损害了他人的尊严，使我无从和甲乙丙丁专家同在一处继续共事下去。偶然拾起的一些螺蚌，连同一个短信，寄到另外一处时，却装饰了另外一个人的青春生命，我的幻想已证实了一部分，原来我和一个素朴而沉默的女孩子，相互间在生命中都保留一种势力，无从去掉了。我到了北平。

有一天，我走入北平城一个人家的阔大华贵客厅里猩红丝绒垂地的窗帘，猩红丝绒四丈见方的地毯，把我愣住了。我就在一套猩红丝绒旧式大沙发中间，选了靠近屋角一张沙发坐下来，观看对面高大墙壁上的巨幅字画。莫友芝斗大的分隶屏条，斗大的红桃立轴，这一切竟像是特意为配合客厅而准备，并且还像是特意为压迫客人而准备。一切都那么壮大，我于是似乎缩得很小。来到这地方是替一个亲戚带个小礼物，应当面把礼物交给女主人的。等了一会儿，女主人不曾出来，从客厅一角却出来了个"偶然"。问问才知道是这人家的家庭教师，和青岛托带礼物的亲戚也相熟，和我好些朋友都相熟。虽不曾见过我，可是却读过我作的许多故事。因为那女主人出了门，等等方能回来，所以用电话要她和我谈谈。我们谈到青岛的四季，两年前她还到过青岛看樱花，以为樱花和别的花都并不比北平的花好，倒是那个海有意思。女主人回来时，正是我们谈海边一切，和那个本来俨然海边的主人麻兔时，我们又谈了些别的事方告辞。"偶然"给我一个幽雅而脆弱的印象，一张白白的小脸，一堆黑而光柔的头发，一点陌生羞怯的笑，当发后的压发跌落到地毯上，躬身下去寻找时，我仿佛看到一条素色的虹霓。虹霓失去了彩色，究竟还有什么，我并不知道。"偶然"一本书，书上第一篇故事，原可说就是两年前为抵抗"偶然"而写成的。

一个月以后，我又在另外一个素朴而美丽的小客厅中见到了"偶然"。她说一点钟前还看过我写的那个故事，一面说一面微笑。且把头略偏，眼中带点羞怯之光，想有所探询，可不便启齿。

仿佛有斑鸠唤雨声音从远处传来。小庭园玉兰正盛开。我们说了些闲话,到后"偶然"方问我:"你写的可是真事情?"

我说:"什么叫作真?我倒不大明白真和不真在文学上的区别,也不能分辨它在情感上的区别。文学艺术只有美和不美。精卫衔石,杜鹃啼血,情真事不真,并不妨事。你觉得对不对?"

"我看你写的小说,觉得很美,当真很美,但是,事情真不真可未必真!"

这种怀疑似乎已超过了文学作品的欣赏,所要理解的是作者的人生态度。

我稍稍停了一会儿,"不管是故事还是人生,一切都应当美一些!丑的东西虽不是罪恶,可是总不能令人愉快。我们活到这个现代社会中,被官僚、政客、银行老板、理发师和成衣师傅,共同弄得到处是丑陋,可是人应当还有个较理想的标准,也能够达到那个标准,至少容许在文学艺术创造那标准。因为不管别的如何,美应当是善的一种形式!"

正像是这几句空话说中了"偶然"另外某种嗜好,"偶然"轻轻的叹了一口气。"美的有时也令人不愉快!譬如说,一个人刚好订婚,又凑巧……"

我说:"呵!我知道了。你看了我写的故事一定难过起来了。不要难受,美丽总使人忧愁,可是还受用。那是我在海上受水云教育产生的幻影,并非实有其事!"

"偶然"于是笑了。因为心被个故事已浸柔软,忽然明白这为古人担忧弱点已给客人发现,自然觉得不大好意思。因此不再说什么,把一双白手拉拉衣角,裹紧了膝头。那天穿的衣服,恰好是件绿底小黄花绸子夹衫,衣角袖口缘了一点紫。也许自己想起这种事,只是不经意的和我那故事巧合,也许又以为客人并不认为这是不经意,且认为是成心。所以在应对间不免用较多微笑作为礼貌的装饰,与不安情绪的盖覆。结果另外又给了我一种印象。我呢,我知道,上次那本小书给人甘美的忧愁已够多了。

离开那个素朴小客厅时,我似乎遗失了一点什么东西。在开满了马樱花和洋槐的长安街大路上,试搜寻每个衣袋,不曾

◎ 北平大街

发现失去的是什么。后来转入中南海公园，在柳堤上绕了一个大圈子，见到水中的云影，方骤然觉悟失去的只是三年前独自在青岛大海边向虚空凝眸，作种种辩论时那一点孩子气主张。这点自信若不是掉落到一堆时间后边，就是前不久掉在那个小客厅了。

我坐在一株老柳树下休息，想起"偶然"穿的那件夹衫，颜色花朵如何与我故事上景物巧合。当这点秘密被我发现时，"偶然"所表示的那种轻微不安，是种什么分量。我想起我向"偶然"没的话，这些话，在"偶然"生命中，可能发生的那点意义，又是种什么分量，心似乎有点跳得不大正常。"美丽总使人忧愁，然而还受用。"

一个小小金甲虫落在我的手背上，捉住了它看看时，只见六只小脚全缩敛到带金属光泽的甲壳下面。从这小虫生命完整处，见出自然之巧和生命形式的多方。手轻轻一扬，金虫即振翅飞起，消失在广阔的湖面莲叶间了。我同样保留了一点印象在记忆里。原来我的心尚空阔得很，为的是过去曾经装过各式各样的梦，把梦腾挪开时，还装得上许多事事物物。然而我想这个泛神倾向若用之与自然对面，很可给我对现世光色有更多理解机会；若用之于和人事对面，或不免即成为我一种弱点，尤其是在当前的情形下，决不能容许弱点抬头。

因此我有意从"偶然"给我的印象中，搜寻出一些属于生活习惯上的缺点，用作保护我性情上的弱点。

……生活在一种不易想象的社会中,日子过得充满脂粉气。这种脂粉气既成为生活一部分,积久也就会成为生命中不可少的一部分。一切不外乎装饰,只重在增加对人的效果,毫无自发的较深较远的理想。性情上的温雅,和文学爱好,也可说是足为装饰之一种。脂粉气邻于庸俗,知识也不免邻于虚伪。一切不外乎时髦,然而时髦得多浅多俗气!……

我于是觉得安全了。倘若没有别的时间下偶然发生的事情,我应当说实在是十分安全的。因为我所体会到的"偶然"生活性情上的缺点,一直都还保护到我,任何情形下尚有作用。不过保护得我更周到的,也许还是另外一种事实,即一种幸福的婚姻,或幸福婚姻的幻影,我正准备去接受它,证实它。这也可说是种偶然,为的是由于两年前在海上拾来那点螺蚌,无意中寄到南方时所得的结果。然而关于这件事,我却认为是意志和理性作成的,恰恰如我一切用笔写成的故事,内容虽近于传奇,由我个人看来,却产生于一种计划中。

时间流过去了,带来了梅花、丁香、芍药和玉兰,一切北方色香悦人的花朵,在冰冻渐渐融解风光中逐次开放。另外一种温柔的幻影已成为实际生活。一个小小院落中,一株槐树和一株枣树,遮蔽了半个院子,从细碎叶间筛下细碎的明净秋阳日影,铺在砖地,映照在素净纸窗间,给我对于生命或生活一种新的经验和启示。一切似乎都安排对了。我心想:"我要的,已经得到了。名誉或认可,友谊和爱情,全部到了我的身边。我从社会和别人证实了存在的意义。可是不成,我似乎还有另外一种幻想,即从个人工作上证实个人希望所能达到的传奇。我准备创造一点纯粹的诗,与生活不相粘附的诗。情感上积压下来的一点东西,家庭生活并不能完全中和它消耗它,我需要一点传奇,一种出于不巧的痛苦经验,一分从我'过去'负责所必然发生的悲剧。换言之,即完美爱情生活并不能调整我的生命,还要用一种温柔的笔调来写爱情,写那种和我目前生活完全相反,然而与我过去情感又十分相近的牧歌,方可望使生命得到平衡。"

因此每天大清早,就在院落中一个红木八条腿小小方桌上,放下一叠白纸,一面让细碎阳光洒在纸上,一面将我某种受压抑的梦写在纸上。故事中的人物,一面从一年前在青岛崂山北九水旁见到的一个乡村女子,取得生活的必然,一面就用身边新妇作范本,取得性格上的素朴式样。一切充满了善,然而到处是不凑巧。既然是不凑巧,因之素朴的善终难免产生悲剧。故事中充满五月中的斜风细雨,以及那点六月中夏雨欲来时闷人的热,和闷热中的寂寞。这一切所以能转移到纸上,倒可说全是从两年来海上阳光得来的能力。这一来,我的过去痛苦的挣扎,受压抑无可安排的乡下人对于爱情的憧憬,在这个不幸故事上,才得到了排泄与弥补。

一面写一面总仿佛有个生活上陌生、情感上相当熟习的声音在招呼我：

"你这是在逃避一种命定。其实一切努力全是枉然。你的一支笔虽能把你带向'过去'，不过是用故事抒情作诗罢了。真正的等待你的却是'未来'。你敢不敢向更深处想一想，笔下如此温柔的原因？你敢不敢仔仔细细认识一下你自己，是不是个能够在小小得失悲欢上满足的人？"

"我用不着作这种分析和研究。我目前的生活很幸福，这就够了。"

"你以为你很幸福，为的是你尊重过去，当前是照你过去理性或计划安排成功的。但你何尝真正能够在自足中得到幸福？或用他人缺点保护，或用自己的幸福幻影保护，二而一，都可作为你害怕'偶然'浸入生命中时所能发生的变故。因为'偶然'能破坏你幸福的幻影。你怕事实。所以自觉宜于用笔捕捉抽象。"

"我怕事实？"

"是的，你害怕明天的事实。或者说你厌恶一切事实，因之极力想法贴近过去，有时并且不能不贴近那个抽象的过去，使它成为你稳定生命的碇石。"

我好像被说中了，无从继续申辩。我希望从别的事情上找寻我那点业已失去的自信，或支持自信的观念；没有得到，却得到许多容易破碎的古陶旧瓷。由于耐心和爱好换来的经验，使我从一些盘盘碗碗形体和花纹上,认识了这些艺术品的性格和美术上特点,都恰恰如一个中年人自各样人事关系上所得的经验一般。久而久之,对于清代瓷器中的盘碗,我几乎用手指去摸抚它的底足边缘,就可判断作品的相对年代了。然而这一切却只能增加我耳边另外一种声音的调讽。

"你打量用这些容易破碎的东西稳定平衡你奔放的生命,到头还是毫无结果。这消磨不了你三十年积压的幻想。你只有一件事情可作,即从一种更直接有效的方式上,发现你自己,也发现人。什么地方有些年青温柔的心在等待你,收容你的幻想,这个你明明白白。为的是你怕事,你于是名字叫做好人。"声音既来自近处,又像来自远方,却十分明白的存在,不易消失。

试去搜寻从我生活上经过的人事时,才发现这个那个"偶然"都好像在控制我支配我。因此重新在所有"偶然"给我的印象上,找出每个"偶然"的缺点,保护到我自己的弱点。只因为这些声音从各方面传来,且从不同时间不同地点传来。

我的新书《边城》出了版。这本小书在读者间得到些赞美,在朋友间还得到些极难得的鼓励。可是没有一个人知道我是在什么情绪下写成这个作品,也不大明白我写它的意义。即以极细心朋友刘西渭先生批评说来,就完全得不到我如何用这个故事填补我过去生命中的一点哀乐的原因。唯其如此,这个作品在我抽象感觉上,我却得到一种近乎严厉讥刺的责备。

"这是一个胆小而知足且善逃避现实者最大的成就。将热情注入故事中,使他人得到满足,而自己得到安全,并从一种友谊的回声中证实生命的意义。可是生命真正意义是什么?是节制还是奔放?是矜持还是疯狂?是一个故事还是一种事实?"

"这只是我要回答的问题,他人也不能强迫我答复。"

不过这件事在我生命中究竟已经成为一个问题。庭院中枣子成熟时,眼看到缀系在细枝间被太阳晒得透红的小小果实,心中不免有一丝儿对时序的悲伤。一切生命都有个秋天,来到我身边却是那个"秋天的感觉"。这种感觉可以使一个浪子缩手皈心,也可以使一个君子糊涂堕落,为的是衰落预感刺激了他,或恼怒了他。

天气渐冷,我已不能再在院中阳光下写什么,且似乎也并无什么故事可写。心手两闲的结果,使我起始坠入故事里乡下女孩子那种纷乱情感中。我需要什么?不大明白,又正像不敢去思索明白。总之情感在生命中已抬了头。这比我真正去接近某个"偶然"时还觉得害怕。因为它虽不至于损害人,事实上却必然会破坏我。我的工作理想和一点自信心,都必然将如此而毁去。最不妥当处是我还有些预定的计划,这类事与我"性情"虽不甚相合,对我"生活"却近于必需。情感若抬了头,一群"偶然"听其自由浸入我生命中,就什么都完事了。当时若能写个长篇小说,照《边城题记》中所说来写崩溃了的乡村一切,来消耗它,归纳它,也许此后可以去掉许多困难。但这种题目和我当时的心境都不相合。我只重新逃避到字帖赏玩中去。我想把写字当成一束草,一片破碎的船板,俨然用它为我下沉时有所准备。我要和生命中一种无固定性的势能继续挣扎,尽可能去努力转移自己到一种无碍于人我的生活方式上去。

不过我虽能将生命逃避到艺术中,可无从离开那个环境。环境中到处是年青生命,到处是"偶然"。也许有些是相互逃避到某种问题中,有些又相互逃避到礼貌中,更有些说不定还近于"挹彼注此"的情形,因之各人都可得到一种安全感或安全事实。可是这对于我,自然是不大相宜的。我的需要在压抑中,更容易见出它的不自然处。岁暮年末时,因之"偶然"中之某一个,重新有机会给了我一点更离奇印象。依然那么脆弱而羞怯,用少量言语多量微笑或沉默来装饰我们的晤面。其时白日的阳光虽极稀薄,寒风冻结了空气,可是房中炉火照例极其温暖,火炉边柔和灯光中,是能生长一切的,尤其是那个名为"感情"或"爱情"的东西。可是为防止附于这个名辞的纠纷性和是非性,我们却把它叫作"友谊"。总之,"偶然"之一和我的友谊越来越不同了。一年余以来努力的退避,在十分钟内即证明等于精力白费。"偶然"的缺点依旧尚留在我印象中,而且更加确定,然而却不能保护我什么了。其他"偶然"的长处,也不能保护我什么了。

我于是逐渐进入到一个激烈战争中,即理性和情感的取舍。但事极显明,就中那个理性的我终于败北了。当我第一次给了"偶然"一种败北以后的说明时,一定使"偶然"惊喜交集,且不知如何来应付这种新的问题。因为这件事若出于另一"偶然",则准备已久,恐不过是"我早知如此"轻轻的回答,接着也不过是由此必然而来的一些给和予。然而这事情却临到一个无经验无准备的"偶然"手中,在她的年龄和生活上,是都无从处理这个难题,更毫无准备应付这种问题的技术。因此当她感觉到我的命运是在她手中时,不免茫然失措。

我呢,俨然是在用人教育我。我知道这恰是我生命的两面,用之于编排故事,见出被压抑热情的美丽处,用之于处理人事,即不免见出性情上的弱点,不特苦恼自己也苦恼人。我真正已放弃了一切可由常识来应付的种种,一任自己沉陷到一种情感旋涡里去。十年后温习到这种"过去"时,我恰恰如在读一本属于病理学的书籍,这本书名应当题作:《情感发炎及其治疗》,作者是一个疯子同时又是一个诗人。书中毫无故事,惟有近乎抽象的印象拼合。到客厅中红梅与白梅全已谢落时,"偶然"的微笑已成为苦笑。因为明白这事得有个终结,就装作为了友谊的完美,和个人理想的实证,带着一点悲伤,一种出于勉强的充满痛苦的笑,好像说,"我得到的已够多了",就到别一地方去了。走时的神气,和事前心情上的纷乱,竟与她在某一时写的一个故事完全相同。不同处只是所要去的方向而已。

我于是重新得到了稳定,且得到用笔的机会。可是我不再写什么传奇故事了,因为生活本身即为一种动人的传奇。我读过一大堆书,再无什么故事比我情感上的哀乐得失经验更离奇动人。我读过许多故事,好些故事到末后,都结束到"死亡"和一个"走"字上,我却估想这不是我这个故事的结局。

第二个"偶然"因为在我生命中用另外一种形式存在,我读了另外一本书。这本书正如出于一个极端谨慎的作者,中间从无一个不端重的句子,从无一段使他人读来受刺激的描写,而且从无离奇的变故与纠纷,然而且真是一种传奇。为的是在这故事背后,保留了一切故事所必需的回目,书中每一章每一节都是对话,与前一个故事微笑继续沉默完全相反。故事中无休止的对话与独白,却为的是沉默即会将故事组织完全破坏而起,从独白中更可见出"偶然"生命取予的形式。因为预防,相互都明白一沉默即将思索,一思索即将究寻名词,一究寻名词即将可能将"友谊"和"爱情"分别具意义。这一来,情形即发生变化,不窘人将不免自窘。因此这故事就由对话起始,由独白结束。书中人物俨然是在一种战争中维持了十年友谊。形式上都得到了胜利,事实上也可说都完全败北。因为装饰过去的生命,本容许有一点妩媚和爱骄,以及少许有节制的疯狂,故事中却用对话独白代替了。

第三个"偶然"浸入我生命中时,初初即给我一种印象,是上海成衣匠和理发匠等等在一个年青肉体上所表现的优美技巧。我觉得这种技巧只合给第二等人增加一点风情上的效果，对于"偶然"实不必要。因此我在沉默中为除去了这些人为的技巧，看出自然所给予一个年青肉体完美处和精细处。最奇异的是这里并没有情欲，竟可说毫无情欲，只有艺术。我所处的地位完全是一个艺术鉴赏家的地位。我理会的只是一种生命的形式，以及一种自然道德的形式。没有冲突，超越得失，我从一个人的肉体认识了神与美，且即此为止，我并不曾用其他方式破坏这种神与美的印象。正可说是一本完全图画的传奇，就中无一个文字。唯其如此，这个传奇也庄严到使我不能用文字来叙述。唯一可重现人我这种崇高美丽情感就当是音乐。但是一个轻微的叹息，一种目光的凝注，一点混和爱与怨的退避，或感谢与崇拜的轻微接近，一种象征道德极致的素朴，一种表示惊讶的呆，音乐到此亦不免完全失去了意义。这个传奇是……

我在用人教育我，俨然陆续读了些不同体裁的传奇。这点机会，大多数却又是我先前所写的一堆故事为证明，我是诚实而细心，且奇特的能辨别人生理解人心，更知道庄严和粗俗的细微分量界限，不至于错用或滥用，因此能翻阅这些奇书。

不过度量这一切，自然用的是我从乡下随身带来的尺和秤。若由一般社会所习惯的权衡来度量我的弱点和我的坦白，则我存在的意义存在的价值早已失去了。因为我也许在"偶然"中翻阅了这些不应道及的篇章。

然而正因为弱点和坦白共同在性格或人格上表现，如此单纯而明朗，使我在婚姻上见出了奇迹。在连续而来的挫折中，作主妇的始终能保留那个幸福的幻影，而且还从其他方式上去证实它。这种事由别人看来为不可解，恰恰如我为这个问题写的一个短篇所描写到的情形："当两人在熟人面前被人称为'佳偶'时，就用微笑表示'也像冤家'；又或在熟人神气间被目为'冤家'时，仍用微笑表示'实是佳偶'"，由自己说来，也极自然。只因为理解到"长处"和"弱点"原是生命使用方式上的不同，情形必然就会如此。一切基于理解。我是个云雀，经常向碧空飞得很高很远，到一定程度，终于还是向下坠，归还旧窠。

再过了四年，战争把世界地图和人类历史全改变了过来，同时从极小处，也重造了人与人的关系，以及这个人在那个人心上的位置。

一个聪明善感的女孩子，年纪大了点时，自然都乐意得到一个朋友的信托，更乐意从一个朋友得到一点有分际的、混合忧郁和热忱所表示的轻微疯狂，用作当前剩余青春的点缀，以及明日青春消逝温习的凭证。如果过去一时，还保留一些美好印象，印象的重叠，使人在取予上自然都不能不变更一种方式，见出在某些事情上的宽容为必然，在某种事情上的禁忌为不必要，无形中都放弃了过去一时的那点警惧心和防卫心。因此虹和星都若在望中，我俨然可以任意去伸手摘取。可是我所注意摘取的，应当说，却是自己生命追求抽象原则的一种形式。我只希望如何来保留这种热忱到文字中。对于爱情或友谊本身，已不至于如何惊心动魄来接近它了。我懂得"人"多了一些，懂得自己也多了些。在"偶然"之一过去所以自处的"安全"方式上，我发现了节制的美丽。在另外一个"偶然"目前所以自见的"忘我"方式上，我又发现了忠诚的美丽。在第三个"偶然"所希望于未来"谨慎"方式上，我还发现了谦退中包含勇气与明智的美丽。……生命取舍的多方，因之使我不免有点"老去方知读书少"的自觉。我还需要学习，从更多陌生的书以及少数熟习的人学习点"人生"。

因此一来，"我"就重新又成为一个毫无意义的字言，因为很快即完全消失到一些"偶然"的颦笑中和这类颦笑取舍中了。

失去了"我"后却认识了"神"，以及神的庄严。墙壁上一方黄色阳光，庭院里一点花草，蓝天中一粒星子，人人都有机会见到的事事物物，多用平常感情去接近它。对于我，却因为和"偶然"某一时的生命同时嵌入我记忆中印象中，它们的光辉和色泽，就都若有了神性，成为一种神迹了。不仅这些与"偶然"间一时浸入我生命中的东西，含有一种神性，即对于一切自然景物，到我单独默会它们本身的存在和宇宙微妙关系时，也无一不感觉到生命的庄严。一种由生物的美与爱有所启示，在沉静中生长的宗教情绪，无可归纳，我因之一部分生命，竟完全消失在对于一切自然的皈依中。这种简单的情感，很可能是一切生物在生命和谐时所同具的，且必然是比较高级生物所不能少的。然而人若保有这种感情时，却产生了伟大的宗教，或一切形式精美而情感深致的艺术品。对于我呢，我什么也不写，亦不说。我的一切官能似乎在一种崭新教育中，经验了些极纤细微妙的感觉。

我用这种"从深处认识"的情感来写故事，因之产生了《长河》，这个作品的被扣留无从出版，不是偶然了。因为从普通要求来说，对战事描写，是不必要如此向深处掘发的。

我住在一个乡下，因为某种工作，得常常离开了一切人，单独从个宽约七里的田坪通过。若跟随引水道曲折走去，可见到长年活鲜鲜的潺潺流水中，有无数小鱼小虫，随波逐流，芋然自得，各有其生命之理。平流处多生长了一簇簇野生慈菇，箭头形叶片虽比田中生长的较小，开的小白花却很有生气。花朵如水仙，白瓣黄蕊，成一小串，从中心挺起。路旁尚有一丛丛刺蓟科野草，开放翠蓝色小花，比毋忘我草形体尚清雅脱俗，使人眼目明爽，如对无云碧穹。花谢后却结成无数小小刺球果子，便于借重野兽和家犬携带到另一处繁殖。若从其他几条小路上走去，蚕豆和麦田中，照例到处生长线紫色樱草，花朵细碎而妩媚，还带上许多白粉。采摘来时不过半小时即枯萎，正因为生命如此美丽脆弱，更令人感觉生物求生存与繁殖的神性。在那两旁铺满色彩绚丽花朵细小的田塍上,且随时可看到成对的羽毛黑白分明异常清洁的背鸟鸰,见人时微带惊诧,一面飞起一面摇颠着小小长尾,在豆麦田中一起一伏,似乎充满了生命的悦乐。还有那个顶戴大绒冠的戴胜鸟,披负一身杂毛,一对小眼睛骨碌碌的对人痴看,直到来人近身时,方微带匆促展翅飞去。本地秧田照习惯不作他用。除三月时育秧,此外长年都浸在一片浅水里,另外几方小田种上慈菇莲藕的,也常是一片水。不问晴雨,这种田中照例有三两只缩肩秃尾白鹭鸶,清癯而寂寞,在泥沼中有所等待,有所寻觅。又有种鸥形水鸟,在田中走动时,肩背毛羽全是一片美丽桃灰色,光滑而带丝网光泽,有时数百成群在空中翻飞游戏,因翅翼下各有一片白,便如一阵光明的星点,在蓝穹下动荡。小村子有一道流水穿过,水面人家土墙边,都用带刺香花作篱笆,带雨含露成簇成串的小白花,常低垂到人头上,得一面撩拨方能通过。树下小河沟中,常有小孩子捉鳅拾蚌,或精赤身子相互浇水取乐。村子中老妇人坐在满是土蜂窠的向阳土墙边取暖,屋角隅可听到有人用大石杵缓缓的捣米声,景物人事相对照,恰成一希奇动人景象。过小村落后又是一片平田,菜花开时,眼中一片黄,鼻底一片香。土路不十分宽,驮麦粉的小马和驮烧酒的小马,与迎面来人擦身过时,赶马押运货物的,却远远的在马后喊"让马",从不在马前牵马让人。因此行人必照规矩下列田塍上去,等待马走过时再上路。菜花一片黄的平田中,还可见到整齐成行的细枯胡麻,竟像是完全为装饰用,一行一行栽在中间,在瘦小脆弱的本端,开放一朵朵翠蓝色小花,花头略略向下低垂,张着小嘴如铃兰样子,风姿娟秀而明媚,在阳光下如同向小蜂小虫微笑,"来,吻我,这里有蜜!……"

眼目所及都若有神迹在其间,且从这一切都可发现有"偶然"的友谊的笑语和爱情芬芳。

在另一方面,人事上自然也就生长了些看不见的轻微的妒忌,无端的忧虑,有意的间隔,和那种无边无际累人而又闷人的白日梦。尤其是一点眼泪,来自爱怨交缚的一方,一点传说,来自得失未明的一方,就在这种人与人,"偶然"与"偶然"的取舍分际上,我似乎重新接受了一种人生教育。矢来有向或矢来无向,我却一例听之直中所欲中心上某点,不逃避,不掩护。我处在一种极端矛盾情形中,然而到用自己那个心寸来衡量时,却感觉生命实复杂而庄严。尤其是从一个"偶然"的眩目景象中离开,走到平静自然下见到一切时,生命的庄严有时竟完全如一个极虔诚的教徒。谁也想象不到我生命是在一种什么形式下燃烧。即以这个那个"偶然"而言,所知道的似乎就只是一些片断,不完全的一体。

我写了无数篇章,叙述我的感觉或印象,结果却不曾留下。正因为各种试验,都证明它无从用文字保存。或只合保存在生命中,且即同一回事,在人我生命中,意义上也完全不同。

我那点只用自己心寸度量人事得失的方式,不可免要反应到对"偶然"的缺点辨别上。这种细微感觉在普通人我关系上决体会不到,在比较特殊一种情形上,便自然会发生变化。恰如甲状腺在水中的情形,分是即或极端稀少,依然可以测出。在这个问题上,我明白我泛神的思想,即曾经损害到这个或那个"偶然"的幽微感觉是种什么情形。我明知语言行为都无补于事实,便作沉默应付了一些困难,尤其是应付轻微的妒嫉,以及伴同那个人类弱点而来的一点埋怨,一点责难,一点不必要的设计。我全当作"自然"。我自觉已尽了一个朋友所能尽的力,来在友谊上用最纤细感觉接受纤细反应。而且在诚实外还那么谨慎小心,从不曾将"乡下人"的方式,派给一个城中朋友,一切有分际的限制,即所以保护到情感上的安全。然而问题也许就正在此。"你口口声声说是一个乡下人,却从不用乡下人的坦白来说明友谊,却装作绅士。然而在另外一方面,你可能又完全如一个乡下人。"我就用沉默将这种询问所应有的回声,逼回到"偶然"耳中去。于是"偶然"走了。

其次是正在把生活上的缺点从习惯中扩大的"偶然",当这种缺点反应到我感觉上时,她一面即意识到过去一时某些稍稍过分行为中,失去了些骄傲,无从收回,一面即经验到必须从另外一种信托上,方能取回那点自尊心,或更换一个生活方式。方可望产生一点自信心。正因为热情是一种教育,既能使人疯狂胡涂,也能使人明彻深思。热情使我对于"偶然"感到惊讶，无物不"神"，却使"偶然"明白自己只是一个"人"，乐意从人的生活上实现个人的理想与个人的梦。到"偶然"思索及一个人的应得种种名分与事实时，当然有了痛苦。因为发觉自己所得到虽近于生命中极纯粹的诗，然而个人所期待所需要的还只是一种具体生活。纯粹的诗虽能作一个女人青春的装饰，华美而又有光辉，然而并不能够稳定生命，满足生命。再经过一些时间的澄滤，便得到如下的结论："若想在他人生命中保有'神'的势力，即得牺牲自己一切'人'的理想。若希望证实'人'的理想，即必须放弃当前唯'神'方能得到一切。热情能给人兴奋，也给人一种无可形容的疲倦。尤其是在'纯粹的诗'和'活鲜鲜的人'愿望取舍上，更加累人。""偶然"就如数年前一样，用着无可奈何的微笑，掩盖到心中受伤处，离开了我。临走时一句话不说。我却从她沉默中，听到一种申诉："我想去想来，我终究是个人，并非神，所以我走了。若以为这是我一点私心，这种猜测也不算错误。因为我还有我做一个人的希望。并且我明白离开你后，在你生命中保有的印象。那么下去，不说别的，既这种印象在习惯上逐渐毁灭，对于我也受不了。若不走，留到这里算是什么？在时间交替中我能得到些什么？我不能尽用诗歌生存下去，恰恰如你说的不能用好空气和风景活下去一样。我是个并不十分聪明的女人，这也许正是使我把一首抒情诗当作散文去读的真正原因，我的行为并不求你原谅，因为给予的和得到的已够多，不需用这种泛泛名词来自解了。说真话,这一走,这个结论对于你也不十分坏!有个幸福的家庭,有一个应当说有许多的'偶然',都在你过去生活中保留一些印象。你得到所能得到的,也给予所能给予的。尤其是在给予一切后,你反而更丰富更充实的存在。"

于是"偶然"留下一排插在发上的玉簪花,摇摇头,轻轻的开了门,当真就走去了。其时天落了点微雨,雨后有彩虹在天际。

我并不如一般故事上所说的身心崩毁,反而变得非常沉静。因为失去了"偶然",我即得回了理性。我向虹起处方向走去,到了一个小小山头上。过一会儿,残虹消失到虚无里去了,只剩余一片在变化中的云影。那条素色的虹霓,若干年来在我心上的形式,重新明明朗朗在我眼前现出。我不由得不为"人"的弱点和对于这种弱点挣扎的努力,感到一点痛苦。

"'偶然',你们全走了,很好。或为了你们的自觉,或为了你们的弱点,又或不过是为了生活上的习惯,既以为一走即可得到一种解放,一些新生的机缘,且可从另外人事上收回一点过去一时在我面前快乐行为中损失的尊严和骄傲,尤其是生命的平衡感和安全感的获得,在你认为必需时,不拘用什么方式走出我生命以外,我觉得都必然的。可是时间带走了一切,也带走了生命中最光辉的青春,和附于青春而存在的羞怯的笑,优雅的礼貌,微带矜持的应付,极敏感的情分取予,以及那个肉体的完整形式,华美色泽和无比芳香。消失的即完全消失到不可知的'过去'里了。然而却有一个朋友能在印象中保留它,能在文字中重现它,……你如想寻觅失去的生命,是只有从这两方面得到,此外别无方法。你也许以为失去了我,即可望得到'明天',但不知生命真正失去了我时,失去了'昨天',活下来对于你是种多大的损失!"

自从"偶然"离开了我后,云南就只有云可看了。黄昏薄暮时节,天上照例有一抹黑云,那种黑而秀的光景,不免使我想起过去海上的白帆和草地上黄花,想起种种虹影和淡白星光,想起灯光下的沉默继续沉默,想起墙壁上慢慢的移动那一方斜阳,想起瓦沟中的绿苔和细雨,微风中轻轻摇头的狗尾草……想起一堆希望和一点疯狂,终于如何又变成一片蓝色的火焰,一撮白灰。这一切如何教育我认识生命最离奇的遇合与最高的意义。

当前在云影中恰恰如过去在海岸边,我获得了我的单独。那个失去了十年的理性,回到我身边来了。

"你这个对政治无信仰对生命极关心的乡下人,来到城市中'用人教育我',所得经验已经差不多了。你比十年前稳定得多也进步得多了,正好准备你的事业,即用一支笔来好好的保留最后一个浪漫派在二十世纪生命取予的形式,也结束了这个时代这种情感发炎的症候。你知道你的长处,即如何好好的善用长处。成功或胜利在等待你,嘲笑和失败也在等待你,但这两件事对于你都无多大关系。你只要想到你要处理的也是一种历史，属于受时代带走行将消灭的一种人我关系的历史，你就不至于迟疑了。"

"成功与幸福，不是智士的目的，就是俗人的期望，这与我全不相干。真正等待我只有死亡。在死亡来临以前，我也许还可以作点小事，即保留这些'偶然'浸入一个乡下人生命中所具有的情感冲突与和谐程序。我还得在'神'之解体的时代，重新给神作一种赞颂。在充满古典庄严与雅致的诗歌失去光辉和意义时，来谨谨慎慎写最后一首抒情诗。我的妄想在生活中就见得与社会隔阂，在写作上自然更容易与社会需要脱节。不过我还年青，世故虽能给我安全和幸福，一时还似乎不必来到我身边。我已承认你十年前的意见，即将一切交给'偶然'和'情感'为得计。我好像还要受另外一种'偶然'所控制，接近她时，我能从她的微笑和皱眉中发现神；离开她时，又能从一切自然形式色泽中发现她。这也许正如你所说，因为我是个对一切无信仰的人，却只信仰'生命'。这应当是我一生的弱点，但想附于这个弱点下的坦白与诚实，以及对于人性细致感觉理解的深致，我知道，你是第一个就首先对于我这个弱点加以宽容了。我还需要回到海边去，回到'过去'那个海边。至于别人呢，我知道她需要的倒应当是一个'抽象'的海边。两个海边景物的明丽处相差不多，不同处其一或是一颗孤独的心的归宿外，其一却是热情与梦结合而为一使'偶然'由'神'变'人'的家。……"

"唉,我的浮士德,你说得很美,或许也说得很对。你还年青,至少当你被这种黯黄黄灯光所诱惑时,就显得相当年青。我还相信这个广大世界,尚有许多形体、颜色、声音、气味,都可以刺激你过分灵敏的官觉,使你变得真正十分年青。不过这是不中用的。因为时代过去了。在过去时代能激你发狂引你入梦的生物,都在时间漂流中消灭了匀称与丰腴,典雅与清芬。能教育你的正是从过去时代培植成功的典型。时间在成毁一切,都行将消灭了。代替而来的将是无计划选择随同海上时髦和政治需要繁殖的一种简单范本。在这个新的时代进展中,你是个不必要的人物了。在这个时代中,你的心即或还强健而坚韧,也只合为'过去'而跳跃,不宜于用在当前景象上了。你需要休息休息了,因为在这个问题上徘徊实在太累。你还有许多事情可作,纵不乐成也得守常。有些责任,即与他人或人类幸福相关的责任。你读过那本题名《情感发炎及其治疗》的奇书,还值得写成这样一本书。且不说别的,即你这种文字的格式,这种处理感觉和思想的方法,也行将成为过去,和当前体例不合了!"

"是不是说我老了?"

没有得到任何回答。

天气冷了些,桌前清油灯加了个灯头,两个灯头燃起两朵青色小小火焰,好像还不够亮,灯光总是不大稳定,正如一张发抖的嘴唇,代替过去生命吻在桌前一张白纸上。十年前写

《边城》时,从槐树和枣树枝叶间滤过的阳光如何照在白纸上,恍惚如在目前。灯光照及油瓶、茶杯、银表、书脊和桌面遗留的一小滴油时,曲度当处都微微返着一点光。我心上也依稀返着一点光影,照着过去,又像是为过去所照彻。小房中显得宽阔,光影照不及处全是一片黑暗。

我应当在这一张白纸上写点什么?一个月来因为写"人",作品已第三回被扣,证明我对于大事的寻思,文字体例显然当真已与时代不大相合。因此试向"时间"追究,就见到那个过去。然而有些事,已多少有点不同了。

"时间带走了一切,天上的虹或人间的梦,或失去了颜色,或改变了式样。即或你自以为有许多事尚好好保留在心上,可是,那个时间在你不大注意时,却把你的心变硬了,变钝了,变得连你自己也不大认识自己了。时间在改造一切,星宿的运行,昆虫的触角,你和人,同样都在时间下失去了固有的位置和形体。尤其是美,不能在风光中静止。人生可悯。"

"温习过去,变硬了的心也会柔软的!到处地方都有个秋风吹上人心的时候,有个灯光不大明亮的时候,有个想向'过去'伸手,若有所攀援,希望因此得到一点助力,方能够生活得下去时候。"

"这就更加可悯!因为印象的温习,会追究到生活之为物,不过是一种连续的负心。凡事无不说明忘掉也得比记住好。'过去'分量若太重,心子是载不住它的。忘不掉也得勉强。

这也正是一种战争！败北且是必然的结果。"

是的，这的确也是一种战争。我始终对面前那两个小小青色火焰望着。灯头不知何时开了花，"在火焰中开放的花，油尽灯息时，才会谢落的。"

"你比拟得好。可是人不能在美丽比喻中生活下去。热情本身并不是象征，它燃烧了自己生命时，即可能燃烧别人的生命。到这种情形下，只有一件事情可作，即听它燃烧，从相互燃烧中有更新生命产生（或为一个孩子，或为一个作品）。那个更新生命方是象征热情。人若思索到这一点，为这一点而痛苦，痛苦在超过忍受能力时，自然就会用手去剔剔你所谓要在油尽灯息时方谢落的灯花。那么一来，灯花就被剔落了。多少人即如此战胜了自己的弱点，虽各在撤退中救出了自己，也正可见出爱情上的勇气和决心。因为不是件容易事，虽损失够多，作成功后还将感谢上帝赐给他的那点勇气和决心。"

"不过，也许在另外一时，还应当感谢上帝给了另外一个人的弱点，即您灯光引带他向过去弱点。因为在这种弱点上，生命即重新得到了意义。"

"既然自己承认是弱点，你自己到某一时也会把灯花剔落的。"

我当真就把灯花剔落了。重新添了两个灯头，灯光立刻亮了许多。我要试试看能否有四朵灯花在深夜中同时开放。

一切都沉默了，只远处有风吹树枝，声音轻而柔。

油慢慢的燃尽时，我手足都如结冰，还没有离开桌边。灯光虽渐渐变弱，还可以照我走向过去，并辨识路上所有和所遭遇的一切。情感似乎重新抬了头，我当真变得好像很年轻，不过我知道，这只是那个过去发炎的反应，不久就会平复的。

屋角风声渐大时，我担心院中那株在小阳春十月中开放的杏花，会被冷风冻坏。"我关心的是一株杏花还是几个人？是几个在过去生命中发生影响人，还是另外更多数未来的生存方式？"

等待回答，没有回答。

抽象的抒情

照我思索,能理解"我"。

照我思索,可认识"人"。

生命在发展中,变化是常态,矛盾是常态,毁灭是常态。生命本身不能凝固,凝固即近于死亡或真正死亡。惟转化为文字,为形象,为音符,为节奏,可望将生命某一种形式,某一种状态,凝固下来,形成生命另外一种存在和延续,通过长长的时间,通过遥遥的空间,让另外一时另一地生存的人,彼此生命流注,无有阻隔。文学艺术的可贵在此。文学艺术的形成,本身也可说即充满了一种生命延长扩大的愿望。至少人类数千年来,这种挣扎方式已经成为一种习惯,得到认可。凡是人类对于生命青春的颂歌,向上的理想,追求生活完美的努力,以及一切文化出于劳动的认识、种种意识形态,通过各种材料、各种形式,产生创造的东东西西,都在社会发展(同时也是人类生命发展)过程中,得到认可、证实,甚至于得到鼓舞。因此，凡是有健康生命所在处，和求个体及群体生存一样，都必然有伟大文学艺术产生存在，反映生命的发展、变化、矛盾，以及无可奈何的毁灭（对这种成熟良好生命毁灭的不屈、感慨或分析）。文学艺术本身也因之不断的在发展、变化、矛盾和毁灭。但是也必然有人的想象以内或想象以外的新生，也即是艺术家生命愿望最基本的希望，或下意识的追求。而且这个影响，并不是特殊的，也是常态的。其中当然也会包括一种迷信成分，或近于迷信习惯，使后来者受到它的约束。正犹如近代科学家还相信宗教，一面是星际航行已接近事实，一面世界上还有人深信上帝造物，近代智慧和原始愚昧，彼此共存于一体中，各不相犯，矛盾统一，契合无间。因此两千年前文学艺术形成的种种观念，或部分、或全部在支配我们的个人的哀乐爱恶情感，事不足奇。约束限制或鼓舞刺激到某一民族的发展，也是常有的。正因为这样，也必然会产生否认反抗这个势力的一种努力，或从文学艺术形式上做种种挣扎，或从其他方面强力制约，要求文学艺术为之服务。前者最明显处即现代腐朽资产阶级的无目的无一定界限的文学艺术。其中又大有分别，文学多重在对于传统道德观念或文字结构的反叛。艺术则重在形式结构和给人影响的习惯有所破坏。特别是艺术最为突出。也变态，也常态。从传统言，是变态。从反映社会复杂性和其他物质新形态而言，是常态。不过尽管这样，我们还是有如下事实，可以证明生命流转如水的可爱处，即在百丈高楼一切现代化的某一间小小房子里，还有人读荷马或庄子，得到极大的快乐，极多的启发，甚至于不易设想的影响。又或者从古埃及一个小小雕刻品印象，取得他——假定他是一个现代大建筑家——所需要的新的建筑装饰的灵感。他有意寻觅或无心发现，我们不必计较，受影响得启发却是事实。由此即可证明艺术不朽，艺术永生。有一条件值得记住，必须是有其可以不朽和永生的某种成就。自然这里也有种种的偶然，并不是什么一切好的都可以不朽和永生。事实上倒是有更多的无比伟大美好的东西，在无情时间中终于毁了，埋葬了，或被人遗忘了。只偶然有极小一部分，因种种偶然条件而保存下来，发生作用。不过不管是如何的稀少，却依旧能证明艺术不朽和永生。这里既不是特别重古轻今，以为古典艺术均属珠玉，也不是特别鼓励现代艺术完全脱离现实，以为当前没有观众，千百年后还必然会起巨大作用。只是说历史上有这么一种情形，有些文学艺术不朽的事实。甚至于不管留下的如何少，比如某一大雕刻家，一生中曾作过千百件当时辉煌全世的雕刻，留下的不过一个小小塑像的残余部分，却依旧可反映出这人生命的坚实、伟大和美好，无形中鼓舞了人克服一切困难挫折，完成他个人的生命。这是一件事。

另一件是文学艺术既然能够对社会对人发生如此长远巨大影响，有意识把它拿来、争夺来，就能为新的社会观念服务。新的文学艺术，于是必然在新的社会——或政治目的制约要求中发展，且不断变化。必须完全肯定承认新的社会早晚不同的要求，才可望得到正常发展。这就是社会主义制度下对文学艺术的要求。事实上也是人类社会由原始到封建末期、资本主义烂熟期，任何一时代都这么要求的。不过不同处是更新的要求却十分鲜明，于是也不免严肃到不易习惯情形。政治目的虽明确不变，政治形势、手段却时时刻刻在变，文学艺术因之创作基本方法和完成手续，也和传统大有不同，甚至于可说完全不同。作者必须完全肯定承认，作品只不过是集体观念某一时某种适当反映，才能完成任务，才能毫不难受的在短短不同时间中有可能在政治反复中，接受两种或多种不同任务。艺术中千百年来的以个体为中心的追求完整、追求永恒的某种创造热情，某种创造基本动力，某种不大现实的狂妄理想（唯我为主的艺术家情感）被摧毁了。新的代替而来的是一种也极其尊大，也十分自卑的混合情绪，来产生政治目的及政治家兴趣能接受的作品。这里有困难是十分显明的。矛盾在本身中即存在，不易克服。有时甚至于一个大艺术家、一个大政治家，也无从为力。

他要求人必须这么作，他自己却不能这么作，作来也并不能令自己满意。现实情形即道理他明白，他懂，他肯定承认，从实践出发的作品可写不出。在政治行为中，在生活上，在一般工作里，他完成了他所认识的或信仰的，在写作上，他有困难处。因此不外两种情形，他不写，他胡写。不写或少写倒居多数。胡写则也有人，不过较少。因为胡写也需要一种应变才能，作伪不来。这才能分两种来源：一是"无所谓"的随波逐流态度，一是真正的改造自我完成。截然分别开来不大容易。居多倒是混合情绪。总之，写出来了，不容易。伟大处在此。作品已无所谓真正伟大与否。适时即伟大。伟大意义在文学艺术作品中已有了根本改变。这倒极有利于促进新陈代谢。也不可免有些浪费。总之，这一件事是在进行中。一切向前了。一切真正在向前。更正确些或者应当说一切在正常发展。社会既有目的，六亿五千万人的努力既有目的，全世界还有更多的人既有一个新的共同目的，文学艺术为追求此目的、完成此目的而努力，是自然而且必要的。尽管还有许多人不大理解，难于适应，但是它的发展还无疑得承认是必然的、正常的。

问题不在这里，不在承认或否认。否认是无意义的、不可能的。否认情绪绝不能产生什么伟大作品。问题在承认以后，如何创造作品。这就不是现有理论能济事了。也不是什么单纯社会物质鼓舞刺激即可得到极大效果。想把它简化，以为只是个"思想改造"问题，也必然落空。即补充说出思想改造是个复杂长期的工作，还是简化了这个问题。不改造吧，斗争，还是会落空。因为许多有用力量反而从这个斗争中全浪费了。许多本来能作正常运转的机器，只要适当擦擦油，适当照料保管，善于使用，即可望好好继续生产的——停顿了。有的是不是个"情绪"问题？是情绪使用方法问题？这里如还容许一个有经验的作家来说明自己问题的可能时,他会说是"情绪"。也不完全是"情绪"。不过情绪这两个字含意应当是古典的,和目下习惯使用含意略有不同。一个真正的唯物主义者,会懂得这一点。正如同一个现代科学家懂得稀有元素一样,明白它蕴蓄的力量,用不同方法,解放出那个力量,力量即出来为人类社会生活服务。不懂它,只希望元素自己解放或改造,或者责备他是"顽石不灵",都只能形成一种结果:消耗、浪费、脱节。有些"斗争"是由此而来的。结果只是加强消耗和浪费。必须从另一较高视野看出这个脱节情况,不经济、不现实、不宜于社会整个发展,反而有利于"敌人"时,才会变变。也即是古人说的"穷则通,通则变"。

如何变?我们实需要视野更广阔一点的理论。需要更具体一些安排措施。真正的文学艺术丰收基础在这里。对于衰老了的生命,希望即或已不大。对于更多的新生少壮的生命,如何使之健康发育成长,还是值得研究。且不妨作种种不同试验。要客观一些。必须明白让一切不同品种的果木长得一样高,结出果子一种味道,没有必要,也不可能,放弃了这种不客观不现实的打算。必须明白机器不同性能,才能发挥机器性能。必须更深刻一些明白生命,才可望更有效的使用生命。文学艺术创造的工艺过程,有它的一般性,能用社会强大力量控制,甚至于到另一时能用电子计算机产生(音乐可能最先出现),也有它的特殊性,不适宜用同一方法,更不是"揠苗助长"方法所能完成。事实上社会生产发展比较健全时,也没有必要这样作。听其过分轻浮,固然会消极影响到社会生活的健康,可是过度严肃的要求,有时甚至于在字里行间要求一个政治家也作不到的谨慎严肃。尽管社会本身,还正由于政治约束失灵形成普遍堕落,即在艺术若干部门中,也还正在封建意识毒素中散发其恶臭,唯独在文学作品中却过分加重他的社会影响、教育责任,而忽略他的娱乐效果(特别是对于一个小说作家的这种要求)。过分加重他的道德观念责任,而忽略产生创造一个文学作品的必不可少的情感动力。因之每一个作者写他的作品时,首先想到的是政治效果、教育效果、道德效果。更重要有时还是某种少数特权人物或多数人"能懂爱听"的阿谀效果。他乐意这么做。他完了。他不乐意,也完了。前者他实在不容易写出有独创性独创艺术风格的作品,后者他写不下去,同样,他消失了,或把生命消失于一般化,或什么也写不出。他即或不是个懒人,还是作成一个懒人的结局。他即或敢想敢干,不可能想出什么干出什么。这不能怪客观环境,还应当怪他自己。因为话说回来,还是"思想"有问题,在创作方法上不易适应环境要求。即"能"写,他还是可说"不会"写。难得有用的生命,难得有用的社会条件,难得有用的机会,只能白白看着错过。这也就是有些人在另外一种工作上,表现得还不太坏,然而在他真正希望终身从事的业务上,他把生命浪费了。真可谓"辜负明时盛世"。然而他无可奈何。不怪外在环

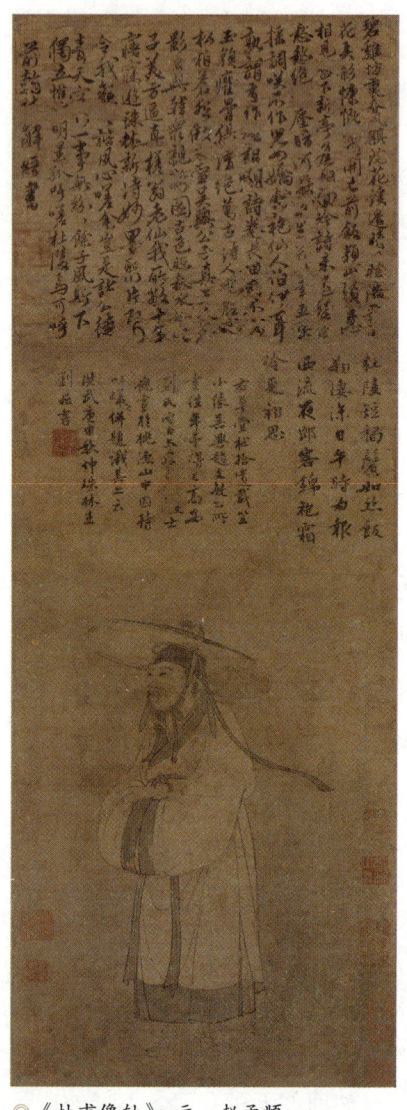

◎《杜甫像轴》 元 赵孟頫

境，只怪自己，因为内外种种制约，他只有完事。他挣扎，却无济于事。他着急，除了自己无可奈何，不会影响任何一方面。他的存在太渺小了，一切必服从于一个大的存在、发展。凡有利于这一点的，即活得有意义些，无助于这一点的，虽存在，无多意义。他明白个人的渺小，还比较对头。他妄自尊大，如还妄想以为能用文字创造经典，又或以为即或不能创造当代经典，也还可以写出一点如过去人写过的，如像《史记》，三曹诗，陶、杜、白诗，苏东坡词，曹雪芹小说，实在更无根基。时代已不同。他又幸又不幸，是恰恰生在这个

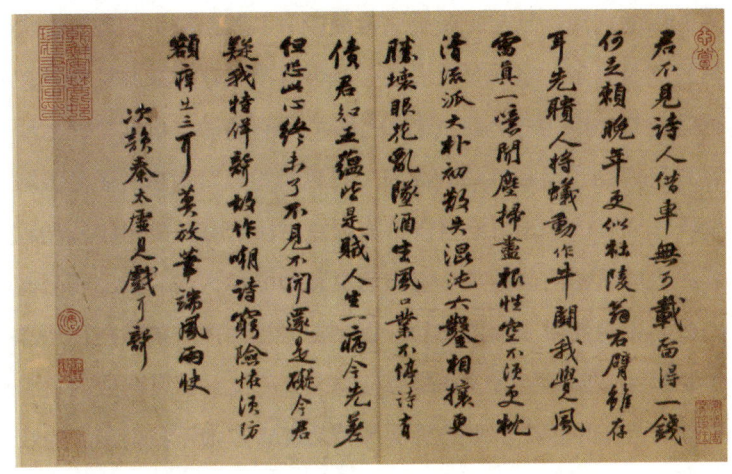

◎《册页》 宋　苏轼

人类历史变动最大的时代，而又恰恰生在这一个点上，是个需要信仰单纯、行为一致的时代。

在某一时历史情况下，有个奇特现象：有权力的十分畏惧"不同于己"的思想。因为这种种不同于己的思想，都能影响到他的权力的继续占有，或用来得到权力的另一思想发展。有思想的却必须服从于一定权力之下，或妥协于权力，或甚至于放弃思想，才可望存在。如把一切本来属于情感，可用种种不同方式吸收转化的方法去尽，一例都归纳到政治意识上去，结果必然问题就相当麻烦，因为必不可免将人简化成为敌与友。有时候甚至于会发展到和我相熟即友，和我陌生即敌。这和社会事实是不符合的。人与人的关系简单化了，必然会形成一种不健康的隔阂、猜忌、消耗。事实上社会进步到一定程度，必然发展是分工。也就是分散思想到各种具体研究工作、生产工作以及有创造性的尖端发明和结构宏伟包容万象的文学艺术中去。只要求为国家总的方向服务，不勉强要求为形式上的或名词上的一律。让生命从各个方面充分吸收世界文化成就的营养，也能从新的创造上丰富世界文化成就的内容。让一切创造力得到正常的不同的发展和应用。让各种新的成就彼此促进和融和，形成国家更大的向前动力。让人和人之间相处的更合理。让人不再用个人权力或集体权力压迫其他不同情感观念反映方法。这是必然的。社会发展到一定进步时，会有这种情形产生的。但是目前可不是时候。什么时候？大致是政权完全稳定，社会生产又发展到多数人都觉得知识重于权力，追求知识比权力更迫切专注，支配整个国家，也是征服自然的知识，不再是支配人的权力时。我们会不会有这一天？应当有的。因为国家基本目的，就正是追求这种终极高尚理想的实现。有旧的一切意识形态的阻碍存在，权力才形成种种。主要阻碍是外在的。但是也还不可免有的来自本身。一种对人不全面的估计，一种对事不明确的估计，一种对"思想"影响二字不同角度的估计，一种对知识分子缺少□□[1]的估计。十分用心，却难得其中。本来不太麻烦的问题，作来却成为麻烦。认为权力重要

---

1 原稿缺二字。

又总担心思想起作用。

事实上如把知识分子见于文字、形于语言的一部分表现，当作一种"抒情"看待，问题就简单多了。因为其实本质不过是一种抒情。特别是对生产对斗争知识并不多的知识分子，说什么写什么差不多都像是即景抒情，如为人既少权势野心，又少荣誉野心的"书呆子"式知识分子，这种抒情气氛，从生理学或心理学说来，也是一种自我调整，和梦呓差不多少，对外实起不了什么作用的。随同年纪不同，差不多在每一个阶段都必不可免有些压积情绪待排泄，待疏理。从国家来说，也可以注意利用，转移到某方面，因为尽管是情绪，也依旧可说是种物质力量。但是也可以不理，明白这是社会过渡期必然的产物，或明白这是一种最通常现象，也就过去了。因为说转化，工作也并不简单，特别是一种硬性的方式，性格较脆弱的只能形成一种消沉，对国家不经济。世故一些的则发展而成阿谀。阿谀之有害于个人，则如城北徐公故事，无益于人。阿谀之有害于国事，则更明显易见。古称"千人诺诺，不如一士谔谔"。诺诺者日有增，而谔谔者日有减，有些事不可免作不好，走不通。好的措施也有时变坏了。

一切事物形成有他的历史原因和物质背景，目前种种问题现象，也必然有个原因背景。这里包括半世纪的社会变动，上千万人的死亡，几亿人的生活方式和生活愿望的基本变化，而且还和整个世界的问题密切相关。从这里看，就会看出许多事情的"必然"。观念计划在支配一切,于是有时支配到不必要支配的方面,转而增加了些麻烦。控制益紧,不免生气转促。《淮南子》早即说过,恐怖使人心发狂,《内经》有忧能伤心记载,又曾子有"蓬生麻中,不扶自直,白沙在涅,与之俱黑"语。周初反商政,汉初重黄老,同是历史家所承认在发展生产方面努力,而且得到一定成果。时代已不同,人还不大变。……伟大文学艺术影响人,总是引起爱和崇敬感情,决不使人恐惧忧虑。古代文学艺术足以称为人类共同文化财富也在于此。事实上,在旧戏里我们认为百花齐放的原因得到较多发现较好收成的问题,也可望从小说中得到,或者还更多得到积极效果,我们却不知为什么那么怕它。旧戏中充满封建迷信意识,极少有人担心他会中毒。旧小说也这样,但是却不免会要影响到一些人的新作品的内容和风格。近三十年的小说,却在青年读者中已十分陌生,甚至于在新的作家心目中也十分陌生。

我的写作与水的关系

在我一个自传里,我曾经提到过水给我种种的印象。

檐溜、小小的河流、汪洋万顷的大海,莫不对于我有过极大的帮助。我学会用小小脑子去思索一切,全亏得是水。我对于宇宙认识得深一点,也亏得是水。

"孤独一点,在你缺少一切的时节,你就会发现,原来还有个你自己。"

这是一句真话。

我有我自己的生活与理想,可以说是皆从孤独得来的。我的教育,也是从孤独中来的。然而这孤独,与水不能分开。

年纪六岁七岁时节,私塾在我看来实在是个最无意思的地方。我不能忍受那个逼窄的天地,无论如何总得想出方法到学校以外的日光下去生活。

大六月里与一些同街比邻的小孩子,把书篮用草标各做下了一个记号,搁在本街土地堂的木偶身背后,就洒着手与他们到城外去,攒入高可及身的禾林里,捕捉禾穗上的蚱蜢,虽肩

◎《蝗虫》 齐白石

背为烈日所烤炙，也毫不在意。耳朵中只听到各处蚱蜢振翅的声音，全个心思只顾去追逐那种绿色黄色跳跃伶便的小生物。

到后看看所得来的东西已尽够一顿午餐了，方到河边去洗濯，拾些干草枯枝，用野火来烧烤蚱蜢，把这些东西当饭吃。

直到这些小生物完全吃尽后，大家于是脱光了身子，用大石压着衣裤，各自从悬崖高处向河水中跃去。就这样泡在河水里，一直到晚方回家去挨那一顿不可避免的痛打。

有时正在绿油油禾田中活动，有时正泡在水里，六月里照例的行雨来了，大的雨点夹着吓人的霹雳同时到，各人匆匆忙忙逃到路坎旁废碾坊下或大树下去躲避，雨落得久一点，一时不能停止，我必一面望着河面的水泡，或树枝上反光的叶片，想起许多事情。

所捉的鱼逃了，所有的衣湿了，河面溜走的水蛇、叮固在大腿上的蚂蟥、碾坊里的母黄狗、挂在转动不已大水车上起花的人肠子，因为雨，制止了我身体的活动，心中便把一切看见的经过的全记忆温习起来了。

也是同样的逃学,有时阴雨天气,不能向河边走去,我便上山或到庙里去,在庙前庙后树林或竹林里,爬上了这一株,到上面玩玩后,又溜下来爬另外一株。

若爬的是竹子,必在上面摇荡一会,爬的是树木,便看看上面有无鸟巢或啄木鸟孵卵的孔穴。

雨落大了,再不能做这种游戏时,就坐在楠木树下或庙门前石阶上看雨。既还不是回家的时候,一面看雨一面自然就需要温习那些过去的经验,这个日子才能发遣开去。

雨落得越长,人也就越寂寞。在这时节想到一切好处也必想到一切坏处。那么大的雨,回家去说不定还得全身弄湿,不由得有点害怕起来,不敢再想了。

我于是走到庙廊下去为做丝线的人牵丝,为制棕绳的人摇绳车。这些地方每天照例有这种工人做工,而且这种工人照例又还是我很熟习的人。

也就因为这种雨,无从掩饰我的劣行,回到家中时,我便更容易被罚跪在仓屋中。在那间空洞寂寞的仓屋里,听着外面檐溜滴沥声,我的想象力却更有了一种很好的训练机会。

我得用回想和幻想补充我所缺少的饮食,安慰我所得到的痛苦。我因恐怖得去想一些不使我再恐怖的生活,我因孤寂,又得去想一些热闹事情方不至于过分孤寂。

到十五岁以后,我的生活同一条辰河无从离开。

◎《横塘雨歇图卷》 明 文伯仁

我在那条河流边住下的日子约五年。这一大堆日子中我差不多无日不与河水发生关系。

走长路皆得住宿到桥边与渡头,值得回忆的哀乐人事常是湿的。至少我还有十分之一的时间,是在那条河水正流与支流各样船只上消磨的。

从汤汤流水上,我明白了多少人事,学会了多少知识,见过了多少世界!

我的想象是在这条河水上面扩大的。我把过去生活加以温习,或对于未来生活有何安排时,必依赖这一条河水。

这条河水有多少次差一点儿把我攫去,又幸亏它的流动,帮助我做着那种横海扬帆的远梦,方使我能够依然好好地在这人世中过着日子!

再过五年,我手中的一支笔,居然已经能够尽我自由运用了。我虽离开了那条河流,我所写的故事,却多数是水边

的故事。

故事中我所最满意的文章,常用船上水上作为背景。我故事中人物的性格,全为我在水边船上所见到的人物性格。我文字中一点忧郁气氛,便因为被过去十五年前南方的阴雨天气影响而来。我文字风格,假若还有些值得注意处,那只是因为我记得水上人的言语太多了。

再过五年后,我的住处已由干燥的北京移到一个明朗华丽的海边。

海边既那么宽泛无涯无际,我对于人生远景凝眸的机会便较多了些。

海边既那么寂寞,它培养了我的孤独心情。海放大了我的感情与希望,且放大了我的人格。

生之记录

一

下午时,我倚在一堵矮矮的围墙上,浴着微温的太阳。春天快到了,一切草,一切树,还不见绿,但太阳已很可恋了。从太阳的光上我认出春来。

没有大风,天上全是蓝色。我同一切,浴着在这温暾的晚阳下,都没言语。

"松树,怎么这时又不做出昨夜那类响声来吓我呢?""那是风,何尝是我意思!"有微风树间在动,做出小小声子在答应我了!

"你风也无耻,只会在夜间来!"

"那你为什么又不常常在阳光下生活?"

我默然了。

因为疲倦,腰隐隐在痛,我想哭了。在太阳下还哭,那不是可羞的事吗?我怕在墙坎下松树根边侧卧着那一对黄鸡笑我，竟不哭了。

"快活的东西，明天我就要教老田杀了你！"

"因为妒嫉的缘故"，松树间的风，如在揶揄我。我妒嫉一切，不止是人！我要一切，把手伸出去，别人把工作扔在我手上了，并没有见我所要的同来到。候了又候，我的工作已为人取去，随意的一看，又放下到别处去了，我所希望的仍然没有得到。

第二次，第三次，扔给我的还是工作。我的灵魂受了别的希望所哄骗，工作接到手后，又低头在一间又窄又霉的小房中做着了，完后再伸手出去，所得的还是工作！

我见过别的朋友们，忍受着饥寒，伸着手去接得工作到手，毕后，又伸手出去，直到灵魂的火焰烧完，伸出的手还空着，就此僵硬，让漠不相关的人抬进土里去，也不知有多少了。

这类烧完了热安息了的幽魂，我就有点妒嫉它。我还不能像他们那样安静的睡觉！梦中有人在追赶我，把我不能做的工作扔在我手上，我怎么不妒嫉那些失了热的幽魂呢？

我想着，低下头去，不再顾到抖着脚曝于日的鸡笑我，仍然哭了。

在我的泪点坠跌际，我就妒嫉它，泪能坠到地上，很快的消灭。

我不愿我身体在灵魂还有热的以前消灭。有谁人能告我以灵魂的火先身体而消灭的方法吗？我称他为弟兄，朋友，师长——或更好听一点的什么，只要把方法告我！

我忽然想起我浪了那么多年为什么还没烧完这火的事情了，研究它，是谁在暗里增加我的热。

——母亲，瘦黄的憔悴的脸，是我第一次出门做别人副兵时记下来的……

——妹，我一次转到家去，见我灰的军服，为灰的军服把我们弄得稍稍陌生了一点，躲到母亲的背后去；头上扎着青的绸巾，因为额角在前一天涨水时玩着碰伤了……

——大哥，说是"少喝一点吧"，答说"将来很难再见了。"看看第二支烛又只剩一寸了，说是"听鸡叫从到关外就如此了"，大的泪，沿着为酒灼红了的瘦颊流着，……"

我要把妈的脸变胖一点，"单想起这一桩事，我的火就永不能熄了。

若把这事忘却，我就要把我的手缩回，不再有希望了。……

可以证明春天将到的日头快沉到山后去了。我腰还在痛。想拾片石头来打那骄人的一对黄鸡一下，鸡咯咯的笑着逃走去。

把石子向空中用力掷去后，我只有准备夜来受风的恐吓。

二

灰的幕,罩上一切,月不能就出来,星子很多在动。在那只留下一个方的轮廓的建筑下面,人还能知道是相互在这世上活着,我却不能相信世上还有两个活人。世上还有活东西我也不肯信。因为一切死样的静寂,且无风。

我没有动作,倚在廊下听自己的出气。

若是世界永远是这样死样沉寂下去,我的身子也就这样不必动弹,做为死了,让我的思想来活,管领这世界。凡是在我眼面前生过的,将再在我思想中活起来了,不论仇人或朋友,连那被我无意中捏死的吸血蚊子。

我要再来受一道你们世上人所给我的侮辱。

我要再见一次所见过人类的残酷。

我要追出那些眼泪同笑声的损失。

我要捉住那些过去的每一个天上的月亮拿来比较。

我要称称我朋友们送我的感情的分量。

我要摩摩那个把我心碰成永远伤创的人的眼。

我要哈哈的笑,像我小时的笑。

我要在地下打起滚来哭,像我小时的哭!

……

我没有那样好的运,就是把这死寂空气再延下去一个或半个时间也不可能——一支笛子,在比那堆只剩下轮廓的建筑更远一点的地方，提高喉咙在歌了。

听不出他是怒还是喜来，孩子们的嘴上，所吹得出的是天真。

"小小的朋友，你把笛子离开嘴，像我这样，倚在墙或树上，地上的石板干净你就坐下，我们两人来在这死寂的世界中，各人把过去的世界活在思想里，岂不是好吗？在那里，你可以看见你所爱的一切，比你吹笛子好多了！"

我的声音没有笛子的尖锐，当然他不会听到。

笛子又在吹了，不成腔调，正可证明他的天真。

他这个时候是无须乎把世界来活在思想里的，听他的笛子的快乐的调子可以知道。

"小小的朋友，你不应当这样！别人都没有做声，为什么你来搅乱这安宁，用你的不成腔的调子？你把我一切可爱的复活过来的东西都破坏了，罪人！"

笛子还在吹。他若能

◎《渔笛图》 明 仇英

知道他的笛子有怎样大的破坏性，怕也能看点情面把笛子放下吧。

什么都不能不想了，只随到笛子的声音。

沿着笛子我记起一个故事，六岁到八岁时，家中一个苗老阿娓，对我说许多故事。关于笛子，她说原先有个皇帝，要算喜欢每日里打着哈哈大笑，成了疯子。皇后无法，把赏格悬出去，治得好皇帝的赏公主一名。这一来人就多了。公主美丽像一朵花，谁都想把这花带回家去。可是谁都想不出什么好法子来。有些人甚至于把他自己的儿子，牵来当到皇帝面前，切去四肢，皇帝还是笑！同样这类笨法子很多。皇帝以后且笑得更凶了。到后来了一个人，乡下人样子，短衣，手上拿一支竹子。皇后问：你可以治好皇帝的病吗？来人点头。又问他要什么药物，那乡下人递竹子给皇后看。竹子上有眼，皇后看了还是不懂。一个乡下人，看样子还老实，就叫他去试试吧。见了皇帝，那人把竹子放在嘴边，略一出气，皇帝就不笑了。第一段完后，皇帝笑病也好了。大家喜欢得了不得。……那公主后来自然是归了乡下人。不过，公主学会吹笛子后，皇后却把乡下人杀了。……从此笛子就传下来，因为有这样一段惨事，笛子的声音听起来就很悲伤。

阿娓人是早死了，所留下的，也许只有这一个苗中的神话了。（愿她安宁！）

我从那时起，就觉得笛子用到和尚道士们做法事顶合式。

因为笛子有催人下泪的能力,做道场接亡时,不能因丧事流泪的,便可以使笛子掘开他的泪泉!

听着笛子就下泪,那是儿时的事,虽然不一定家中死什么人。二姐因为这样,笑我是孩子脾气,有过许多回了。后来到她的丧事,一个师傅,正拿起笛子想要逗引家中人哭泣,我想及二姐生时笑我的情形,竟哭的晕去了。

近来人真大了,虽然有许多事情养成我还保存小孩爱哭的脾气,可是笛子不能令我下泪。近来闻笛,我追随笛声,飚到虚空,重现那些过去与笛子有关的事,人一大,感觉是自然而然也钝了。

笛声歇了,我骤然感到的空虚起来。

——小小的吹笛的朋友,你也在想什么吧?你是望着天空一个人在想什么吧?我愿你这时年纪,是只晓得吹笛的年纪!你若是真懂得像我那样想,静静的想从这中抓取些渺然而过的旧梦,我又希望你再把笛勒在嘴边吹起来!年纪小一点的人,载多悲哀的回忆,他将不能再吹笛了!还是吹吧,夜深了,不然你也就睡得了!

像知道我在期望,笛又吹着了,声音略变,大约换了一个较年长的人了。

抬起头去看天,黑色,星子却更多更明亮。

三

在雨后的中夏白日里,麻雀的吱喳虽然使人略略感到一点单调的寂寞,但既没有沙子被风吹扬,拿本书来坐在槐树林下去看,还不至于枯燥。

镇日为街市电车弄得耳朵长是嗡嗡隆隆的我,忽又跑到这半乡村式的学校来了。名为骆驼庄,我却不见过一匹负有石灰包的骆驼,大概它们这时是都在休息了吧。在这里可以听到富于生趣的鸡声,还是我到北京来一个新发见。这些小喉咙喊声,是夹在农场上和煦可亲的母牛唤犊的喊声里的,还有坐在榆树林里躲荫的流氓鹧鸪同它们相应和。

鸡声我至少是有了两年以上没有听到过了,乡下的鸡声则是民十时在沅州的三里坪农场中听过。也许是还有别种缘故吧,凡是鸡声,不问它是荒村午夜还是晴阴白昼,总能给我一种极深的新的感动。过去的切慕与怀恋,而我也会从这些在别人听来或许但会感到夏日过长催人疲倦思眠的单调长声中找出。

初来北京时,我爱听火车的呜呜汽笛。从这中我发见了它的伟大,使我不驯的野心常随着那些呜呜声向天涯不可知的辽远渺茫中驰去。但这不过是一种空虚寂寞的客寓中寄托吧了!若拿来同乡村中午鸡相互唱酬的叫声相比,给人的趣味,可又不相同了。

◎蒸汽机车

我以前从不会在寓中半夜里有过一回被鸡声叫醒的事情。至于白日里,除了电车的隆隆隆以外,便是百音合奏的市声!连母鸡下蛋时"咯大咯"也没有听到过。我于是疑心北京城里的住户人家是没有养过一只活鸡的。然而,我又知道我猜测的不对了,我每次为相识扯到饭馆子去,总听到"辣子鸡""熏鸡"等等名色。我到菜市去玩时,似乎看到那些小摊子下面竹罩笼里,的确也又还有些活鲜鲜(能伸翅膀,能走动,能低头用嘴壳去清理翅子但不做声)的鸡。它们如同哑子,挤挤挨挨站着却没有做声。倘若一个从没看见过鸡的人,仅仅根据书上或别人口中传说"鸡是好勇狠斗,能引吭高唱……"鸡的样子,那末,见了这罩笼里的鸡,我敢说他绝不会相信这就是鸡!

它们之所以不能叫,或者并不是不会叫(因为凡鸡都会叫,就是鸡婆也能"咯大咯"),只是时时担惊受怕,想着那锋利的刀,沸滚的水,忧愁不堪,把叫的事就忘怀了呢!这本不奇怪,譬如我们人到忧愁无聊(还不至于死)时,不是连讲话也不大愿意开口吗?

◎《鸡鸣图扇页》 明　陈嘉言

然而我还有不解者,是:北京的鸡,固然是日陷于宰割忧惧中,但别的地方鸡,就不是拿来让人宰割的?为甚别的地方的鸡就有兴致高唱愉快的调子呢?我于是乎觉得北京古怪。

看着沉静不语的深蓝天空,想着北京城中的古怪,为那些一递一声鸡唱弄得有点疲倦来了。日光下的小生物,行动野佻的蚊子,在空中如流星般晃去,似乎更其愉快活泼,我记起了"飘若惊鸿宛若游龙"两句古典文章来。

四

夜来听到淅沥的雨声,还夹着嗡嗡隆隆的轻雷,屈指计算今年消失了的日月,记起小时觉得有趣的端阳节将临了。

这样的雨,在故乡说来是为划龙舟而落。若在故乡听着,将默默地数着雨点,为一年来老是卧在龙王庙仓房里那几只长而狭的木舟高兴,童心的欢悦,连梦也是甜蜜而舒适!北京没有一条小河,足供五月节龙舟竞赛,所以我觉得北京的端阳寂寞。既没有划龙舟的小河,为划龙舟而落的雨又这样落个不止,我于是又觉得这雨也落得异常寂寞无聊了。

雨是哗喇哗喇地落,且当做故乡的夜雨吧:卧在床上已睡去几时候的九妹,为一个炸雷惊醒后,听到点点滴滴的雨声,又怕又喜,将搂着并头睡着妈的脖颈,极轻的说:"妈,妈,你醒了吧。你听又在落雨了!明天街上会涨水,河里自然也会涨水。莫把北门河的跳岩淹过了。我们看龙舟又非要到二哥干爹那吊楼上不可了!那桥上的吊楼好是好,可是若不涨大水,我们仍然能站到玉英她家那低一点的地方去看,无论如何要有趣一点。我又怕那楼高,我们不放炮仗,站到那么高高的楼上去看有什么意思呢。妈,妈,你讲看:到底是二哥干爹那高楼上好呢,还是玉英姨家好?"

"我宝宝说得都是。你喜欢到哪一处就去哪处。你讲哪处好就是哪处。"妈的答复,若是这样能够使九妹听来满意,那么,九妹便不再做声,又闭眼睛做她的龙舟梦去了。第二天早上,我倘若说:——老九,老九,又涨大水了。明天,后天,看龙船快了!你预备的衣服怎样?这无论如何不到十天了啦!

她必又格登格登跑到妈身边去催妈为赶快把新的花纺绸衣衫缝好,说是免得又穿那件旧的花格子洋纱衫子出丑。其实她那新衣只差的一排扣子同领口没完工,然而终不能禁止她去同妈唠叨。

晚上既下这样大雨,一到早上,放在檐口下的那些木盆木桶会满盆满桶的装着雨水了。

这雨水省却了我们到街上喊卖水老江进屋的功夫。包粽子的竹叶子便将在这些桶里洗漂。

只要是落雨,可以不用问他大小,都能把小孩子引到端节来临的欢喜中去。大人们呢,将为这雨增添了几分忙碌。但雨有时会偏偏到五日那一天也不知趣大落而特落的。(这是天的事情,谁能断料的定?)所以,在这几天,小孩子人人都有一点工作——这是没有哪一个小孩子不愿抢着做的工作:就是祈祷。他们诚心祈祷那一天万万莫要落下雨来,纵天阴没有太阳也无妨。他们祈祷的意思如像请求天一样,是各个用心来默祝,口上却不好意思说出。这既是一般小孩的事,是以九妹同六弟两人都免不了背人偷偷的许下愿心——大点的我,人虽大了,愿天晴的心思却不下于他俩。

于是,这中间就又生出争持来了。譬如谁个胆虚一点,说了句。

"我猜那一天必要落雨呀。"

那一个便"不,不,决不!我敢同谁打赌:落下了雨,让你打二十个耳刮子以外还同你磕一个头。若是不,你就为我——"

◎ 北京颐和园龙舟画舫

"我猜必定要下,但不大。"心虚者又若极有把握的说。"那我同你打赌吧。"

不消说为天晴袒护这一方面的人,当听到雨必定要下的话时气已登脖颈了!但你若疑心到说下雨方面的人就是存心愿意下雨,这话也说不去。这里两人心虚,两人都深怕下雨而愿意莫下雨,却是一样。

侥幸雨是不落了。那些小孩子们对天的赞美与感谢,虽然是在心里,但你也可从那微笑的脸上找出。这些诚恳的谢词若用东西来贮藏,恐怕找不出那么大的一个口袋呢。

我们在小的孩子们(虽然有不少的大人,但这样美丽佳节原只是为小孩子预备的,大人们不过是搭秤的猪肝罢了。)喝彩声里,可以看到那几只狭长得同一把刀一样的木船在水面上如掷梭一般抛来抛去。一个上前去了,一个又退后了;一个停顿不动了,一个又打起圈子演龙穿花起来。使船行动的是几个红背心绿背心——不红不绿之花背心的水手。他们用小的桡桨促船进退,而他们身子又让船载着来往,这在他们,真可以说是用手在那里走路呢。

……

过了这样发狂似的玩闹一天,那些小孩子如像把期待尽让划船的人划了去,又太平无事了。那几只长狭木船自然会有些当事人把它拖上岸放到龙王庙去休息,我们也不用再去管它。"它不寂寞吗?"幸好遇事爱发问的小孩们还没有提出这么一个问题为难他妈。但我想即或有聪明小孩子问到这事,还可以用这样话来回答:"它已结结实实同你们玩了一整天,这时应得规规矩矩睡到龙王庙仓下去休息!它不像小孩子爱热闹,所以他不会寂寞。"

从这一天后,大人小孩似乎又渐渐的把前一日那几把水上抛去的梭子忘却了——一般就很难听人从闲话中提到这梭子的故事。直到第二年五月节将近,龙舟雨再落时,又才有人从点点滴滴中把这位被忘却的朋友记起。

五

我看我桌上绿的花瓶,新来的花瓶,我很客气的待它,把它位置在墨水瓶与小茶壶之间。

节候近初夏了,各样的花都已谢去。这样古雅美丽的瓶子,适宜插丁香花。适宜插藤花。一枝两枝,或夹点草,只要是青的,或是不很老的柳枝,都极其可爱。但是,各样花都谢了,或者是不谢,我无从去找。

让新来的花瓶,寂寞的在茶壶与墨水瓶之间过了一天。

花瓶还是空着,我对它用得着一点羞惭了。这羞惭,是我曾对我的从不曾放过茶叶的小壶,和从不曾借重它来写一点可以自慰的文字的墨水瓶,都有过的。

新的羞惭,使我感到轻微的不安。心想,把来送象廷蔚那种过时的生活的人,岂不是很好么?因为疲倦,虽想到,亦不去做,让它很陌生的,仍立在茶壶与墨水瓶中间。

懂事的老田,见了新的绿色花瓶,知道自己新添了怎样一种职务了,不待吩咐,便走到农场边去,采得一束二月兰和另外一种不知名的草花,把来一同插到瓶子里,用冷水灌满了瓶腹。

既无香气,连颜色也觉可憎……我又想到把瓶子也一同摔到窗外去,但只不过想而已。

看到二月兰同那株野花吸瓶中的冷水。乘到我无力对我所憎的加以惩治的疲倦时,这些野花得到不应得的幸福了。

节候近初夏了,各样的花都已谢去,或者不谢,我也无从去找。

从窗子望过去,柏树的叶子,都已成了深绿,预备抵抗炎夏的烈日,似乎绿也是不得已。能够抵抗,也算罢了。我能用什么来抵抗这晚春的懊恼呢?我不能拒绝一个极其无聊按时敲打的校钟,我不能……我不能再拒绝一点什么。凡是我所憎的都不能拒绝。这时远远的正有一个木匠或铁匠在用斧凿之类做一件什么工作，钉钉的响，我想拒绝这种声音，用手蒙了两个耳朵，我就无力去抬手。

心太疲倦了。

绿的花瓶还在眼前，仿佛知道我的意思的老田，换上了新从外面要来的一枝有五穗的紫色藤花。淡淡的香气，想到昨日的那个女人。

看到新来的绿瓶，插着新鲜的藤花，呵，三月的梦，那么昏昏的做过！

……想要写些什么，把笔提起，又无力的放下了。

器物之美

8

从器物层面感受沈从文对美的独特见解,涉及生活中所见所用所欣赏之铜镜、字画、陶瓷、扇子、玉器、建筑、民俗等。

古代镜子的艺术

中国金工用青铜铸造镜子，约在春秋战国时期。多数镜子的背面，都有精美的装饰图案，从造型特征和艺术表现看，可以分成两类，代表两种不同风格：一种镜身比较厚实，边沿平齐，用蟠虺纹作图案主题，用浅浮雕、高浮雕和透空雕等技法处理的，图案花纹和河南新郑、辉县，山西李峪村及最近安徽寿县各地出土青铜器部分装饰花纹相近。

有一种透空虺纹镜子，数量虽然不多，作法自成一个系统，产生时代可能早一些。另一种镜身材料极薄，边缘上卷，图案花纹分两层处理，一般是在精细地纹上再加各种主题浅浮雕，地纹或作涡旋云纹、几何纹及丝绸中的罗锦纹。主题装饰有代表性的，计有山字形矩纹、连续矩纹、菱形纹、连续菱纹、方胜格子嵌水仙花纹，黼绣云藻龙凤纹、长尾兽蜼纹，及反映当时细金工佩饰物各式花纹。

这部分图案比前一部分有个基本不同处，是它和古代纺织物丝绸锦绣花纹发生密切联系，制作精美也达到了当时金铜工

◎汉代青铜镜

艺高峰,产生时代可能稍晚一些,先在淮河流域发现,通称"淮式镜"。建国后长沙战国楚墓中出土同类镜子格外多,才知道叫它作"楚式镜"比较正确。

从现有材料分析,青铜镜子的发明,虽未必创自楚国,但是楚国铸镜工人,对于生产技术的进步提高和改进图案艺术的丰富多样化,无疑有过极大贡献。镜子埋藏在地下已经过二千三百余年,出土后还保存得十分完整,镜面黑光如漆,可以照人。

照西汉《淮南子》一书所说,是用"玄锡"作反光涂料,再用细毛呢摩擦的结果。后来磨镜药是用水银和锡粉作成的。经近人研究,玄锡就指这种水银混合剂。由此知道我国优秀冶金工人,战国时期就已经掌握了烧炼水银的新技术。这时期起始流行的鎏金技术,同样要利用水银才能完成。这些重要发现或发明,是中国冶金史和科学技术发明史一件重大事情。由于新的科学技术的应用,使得中国金工装饰艺术,因之更加显得华美和壮丽。当时特种加工镜子,还有涂朱绘彩的、用金银错镂镶嵌的、加玉背并镶嵌彩色琉璃的,都反映了这个伟大历史时期金铜工艺所达到的高度水平。

到汉代，青铜镜子应用范围日益广泛，图案花纹也不断丰富以新的内容，特别有代表性的如连续云藻纹镜，云藻多用双钩法处理，材料薄而卷边，还具楚式镜规格，大径在五寸以内，通常都认为是秦汉之际的制作。有的又在镜中作圆框或方框，加铸四字或十二字铭文："大富贵，宜酒食，乐无事，日有"是常见格式。或用"安乐未央"四字铭文，必横列一旁。

其次是种小型平边镜子，镜身稍微厚实，铜质泛黑，惟用"见日之光长毋相忘"八字作铭文，每字之间再用二三种不同简单云样花式作成图案，字体方整犹如秦刻石。图案结构虽比较简单，铭文却提出一个问题，西汉初年社会，已起始用镜子作男女间爱情表记，生前相互赠送，作为纪念，死后埋入坟中，还有生死不忘意思。"破镜重圆"的传说，就在这个时期产生，比后来传述乐昌公主故事早七八百年。又有大型日光镜，外缘加七言韵语，文如《长门赋》体裁，借形容镜子使用不时，作为爱情隔阂忧虑比喻。另有一种星云镜，用天文星象位置组成图案，或在中心镜钮部分作九曜七星，又把四围众星用云纹联系起来，形成一种云鸟图案。这都是西汉前期镜子。

第三种是中型或大型四神规矩镜，用青龙、白虎、朱雀、玄武分布四方作主要装饰，上下各有规矩形，外缘另加各种带式装饰，如重复齿状纹、水波云纹、连续云藻纹、连续云中鸟鹊夔凤纹，主题组织和边缘装饰结合，共同形成一种活泼而壮丽的画面。

◎四乳四虺纹镜　汉

正和汉代一般工艺图案相似，在发展中起始见出神仙方士思想的侵入。这种镜子或创始于武帝刘彻时尚方官工，到王莽时代还普遍流行，是西汉中期到末叶官工镜子标准式样。有的在内外缘间还加铸年号、作者姓名和七言韵语，表示对于个人或家长平安幸福的愿望。最常用的是"尚方作竟真大巧，上有仙人不知老，渴饮玉泉饥食枣……"和"新有善铜出丹阳，和以银锡清且明，巧工作之成文章，左龙右虎辟不祥"等语句。有些还说起购买的作生意凡事顺心能发大财。又有铭文说"铜以徐州为好，工以洛阳著名"。它的产生年代和图案铭刻反映的社会意识，因之也更加明确。第四种是大型"长宜子孙"、"长宜高官"铭文镜，字体作长脚花式篆，分布四周，美丽如图画。图案简朴，过去人认为是西汉早期制作，近年来多定作西汉末东汉初期成品。此外还有由四神规矩发展而成的神人龙虎镜、分段神相镜、"位至三公"八凤镜、"天王日月"神像镜、凸起夔龙镜、西王母车马人物镜，可代表汉末过渡到魏晋时代的产品。八凤镜用平剔法，简化对称图案如剪纸，边缘或作阴刻小朵如意云，富于民间艺术风味。神仙龙虎镜，有的平面浮雕龙虎和西汉白虎、朱雀瓦当，浮雕风格相同，形象特别矫健壮美。一般多用浅浮雕，是西汉以来技法。较晚又用圆浮雕法把龙虎简化，除头部其他全身都不显明，产生年代多在桓帝祠老子以后，有署建安年号的。神仙龙虎镜加"胡虏殄灭四夷服，多贺国家得安宁"等七言诗的，创始于西汉，汉魏之际还有摹仿。又有一种高圆浮雕鼍龙镜，龙身高低不一，在构图和表现技法上是新发展。特别引人注意的是西王母东王公车马神像镜，铜质精美，西王母蓬发戴胜，仪态端庄，旁有玉女侍立，间有仙人六博及毛民羽人竖蜻蜓表演杂技。主题图案组织变化丰富，浮雕技法也各具巧思。有的运用斜雕法，刻四马并行，拉车奔驰，珠帘绣，飘忽上举，形成纵深体积效果，作得十分生动，在中国雕刻艺术史上是新成就，后来昭陵六骏石刻及宋明剔红漆雕法，都受它的影响。这种镜子浙江绍兴一带出现最多，为研究汉代西王母传说流行时代和越巫关系问题，提供了重要线索。

又根据近年出土纪录，西汉以来还有鎏金、包金和漆背加彩画人物各种不同加工的大型镜子产生。当时除尚方工官

◎ 东王公西王母画像镜　汉

特别制作外，铸镜工艺在国内几个大商业城市，也已经成为一种专门手工业，长安、洛阳、西蜀、广陵都有专门名家，铸造各式镜子，罗列市上出售。许多镜子上的铭文，就把这些事情反映得清清楚楚。这些镜子当时不仅被当成高级美术商品流行全国，还远及西域各属及国外。近年在西北出土镜子，可根据它判断墓葬相对年代。在日本出土汉镜及汉式镜，又得以进一步证明中日两国间文化的交流，至晚在西汉就已开始，比《魏略》说的东汉晚期早过二百年。东汉末年到三国时期，还有一种铁制镶嵌金银花纹镜子，早见于曹操《上杂物疏》记载中。近年来这种镜子在国内也常有出土。镜钮扁平，图案花纹比较简质，和八凤镜风格相近，开启后来应用铁器错银技法。惟铁质入土容易氧化，完整的镜子保存不多。

晋、南北朝三百余年中，除神相龙虎镜、西王母镜，东晋时犹继续生产，此外还有"天王日月"铭文镜，边缘多用云凤纹处理，内缘铭文改成四言，如道士口诀律令。再晚一些又有分卦十二生肖四神镜、高浮雕四神镜、重轮双龙镜、簇六宝相花镜等等。后四种出现于六朝末陈、隋之际，唐代还流行。南北朝晚期镜子图案，逐渐使用写生花鸟做主题后，在技法表现上也有了改进和提高，花鸟浮雕有层次起伏，棱角分明，充满了一种温柔细致情感。主要生产地已明确属于扬州，可说明这阶段南方生产的发展和美术工艺的成就。

唐代物质文化反映于造型艺术各部门，都显得色调鲜明，

◎海兽葡萄镜　唐

组织完美，整体健康而活泼，充满着青春气息。镜子艺术的成就，同样给人这种深刻印象。镜身大部分比较厚实（特别是葡萄鸟兽花草镜），合金比例，银锡成分增多，因此颜色净白如银。造型也有了新变化，突破传统圆形的束缚，创造出各种花式镜。大型镜子直径大过一尺二寸，小型镜子仅如一般银币大小。并且起始创造有柄手镜。至于图案组织，无论用的是普通常见花鸟蜂蝶，还是想像传说中的珍禽瑞兽或神话故事、社会生活，表现方法都十分富于风趣人情，具有高度真实感。唐代海外交通范围极广，当时对外来文化也采取一种兼容并收的态度来丰富新的艺术创造内容，在音乐、歌舞、绘画、纺织图案、服装各方面影响都相当显著。镜子图案的主题和表现技法，同样反映出这种趋势。例如满地葡萄鸟兽花草镜、麒麟狮子镜、醉拂击拍鼓弄狮子镜、骑士玩波罗球镜、黑昆仑舞镜、太子玩莲镜，都可以显著见出融合外来文化的痕迹。前一种图案组织复杂而精密，用高浮雕技术处理，综合壮丽与秀美成一体，在表现技法中格外突出。后几种多用浅浮雕法，细腻利落，以善于布置见长，结构疏密恰到好处。极小镜面也留出一定空间，使得花鸟蜂蝶都若各有生态，彼此呼应，整体完美而和谐。

唐代统治者宣扬道教，神仙思想因之流行，在唐镜的图案上也得到各种不同的反映。例如嫦娥奔月镜、真子飞霜镜、王子晋吹笙引凤镜、仙真乘龙镜、水火八卦镜、海上三神山镜，图案组织都打破了传统的对称法，作成各种不同的新式样。唐代佛教盛行，艺术各方面都受影响，镜子图案除飞天频伽外，还有根据莲花太子经制作的太子玩莲图案，用一些胖娃娃作主题，旋绕于花枝间。子孙繁衍瓜瓞绵绵是一般人所希望，因此这个主题画在丝绸锦绣中加以发展，就成为富贵宜男百子锦。织成幛子被单，千年来还为人民熟习爱好。汉代铸镜作带勾多在五月五日，唐人习惯照旧，传说还得在扬子江中心着手，显然和方士炼丹有瓜葛牵连。又八月五日是唐玄宗生日，定名叫"千秋节"（又称千秋金鉴节），照社会习惯，到这一天全国都铸造镜子，当作礼物送人，庆祝长寿。唐镜中比较精美的鸾衔长绶镜、飞龙镜和特别加工精美的金银平脱花鸟镜、罗钿花鸟镜，多完成于开元天宝二十余年间，部分且为适应节令而产生。唐代社会重视门阀，名家世族，儿女婚姻必求门当户对，但是青年男女却乐于突破封建社会的束缚来满足恋爱热情。当时人常把它当作佳话奇闻，转成小说、诗歌的主题。镜子图案对这一个问题虽少直接表现，但吹笙引凤、仙人乘龙、仙女跨鸾，以及各式花鸟镜子中、鸳鸯、口衔同心结子相趁相逐形象及鱼水和谐、并蒂莲形象,却和诗歌形容恋爱幸福及爱情永不分离喻意相同。镜子铭文中,又常用北周庾子山五言诗及唐初人拟苏若兰织锦回文诗,借歌咏化妆镜中人影,对女性美加以反复赞颂。

唐代特种加工镜子,计有金银平脱花鸟镜、罗钿花鸟镜、捶金银花鸟镜、彩漆绘嵌琉璃镜,这类具有高度艺术水平的镜子图案,有部分和一般镜子主题相同;有部分又因材料特性引起种种不同新变化,如像满地花罗钿镜子的成就,便是一个好例。这些镜子华美的装饰图案,在中国制镜工艺发展史上达到了一个新的高峰。

唐镜花样多,有代表性的可以归纳成四类:第一类宝相花图案,包括有写生大串枝、簇六规矩宝相、小簇草花、放射式宝相及交枝花五种。第二类珍禽奇兽花草图案,包括有小串枝花鸟、散装花鸟和对称花鸟等等;鸟兽虫鱼中有狮子、狻猊、天鹿、天马、鱼、龙、鹦鹉、鸳鸯、练鹊、孔雀、鸾凤、蝴蝶、蜻蜓,等等。第三类串枝葡萄鸟兽蜂蝶镜,包括方圆大小不同式样。第四类故事传说镜,包括各种人物故事、社会生活,如真子飞霜、嫦娥奔月、孔子问荣启期、俞伯牙钟子期、骑士打球射猎等等。特别重要部分是各种花鸟图案,可说总集当时工艺图案的大成。唐人已习惯采用生活中常见的花鸟蜂蝶作装饰图案,应用到镜子上时更加见得活泼生动。(这是唐镜图案最值得我们学习的一点)花鸟图案中如鸾衔绶带、雁衔威仪、鹊衔瑞草、俊鹘衔花各式样，又和唐代丝绸花纹关联密切。唐代官服彩绫，照制度应当是各按品级织成各种本色花鸟，妇女衣着则用染缬、刺绣、织锦及泥金绘画，表现彩色花鸟，使用图案和镜子花纹一脉相通。丝绸遗物不多，镜子图案却十分丰富，因此镜子图案为研究唐代丝绸提供了种种可靠材料。

唐镜在造型上的新成就，是创造了小型镜和各种花式镜，打破了旧格式，如银元大小贴金银花鸟镜，八棱、八弧、四方委角等花式镜等。

宋代镜子可分作两类：在我国青铜工艺史上应当占有一个特别位置的，是部分缠枝花草官工镜。造型特征是镜身转薄，除方圆二式外，还有亚字形、钟形、鼎形及其他许多新式样出现。装饰花纹也打破了传统习惯，作成各种不同格式。新起的写生缠枝花，用浅细浮雕法处理，属于雕刻中"识文隐起"的作法。图案组织多弱枝细叶相互盘绕，形成迎风露效果。特别优秀作品，产生时代多属北宋晚期。宋人叙丝绸刺绣时喜说"生色花"，有时指彩色写生折枝串枝，有时又用作"活色生香"的形容词，一般素描浮雕花朵都可使用。这种"生色花"反映于镜中图案时，作风特别细致，只像是在浅浮雕上见到轻微凸起和一些点线的综合，可是依然生气充沛，具有高度现实感和韵律节奏感。这一类官工镜子，精极不免流于纤细，致后来难以为继。另有一类具有深厚民间艺术作风的，用粗线条表现，双鱼和凤穿牡丹两式有代表性，元明以来犹在民间流行。

北宋在北方有契丹辽政权对峙，西北方面和西夏又连年用兵，因此铜禁极严，民间铸镜多刻上各州县检验铸造年月和地名，借此得知当时各县都有铸镜官匠。第二类镜子的创作，就完成于这种地方官工匠手中，文献和实物可以相互证明。

青铜镜子的生产，虽早在二千三四百年前，一直使用下来，到近二百年才逐渐由新起的玻璃镜子代替。如以镜子工艺美术而言，发展到宋代特种官工镜，已可说近于曲终雅奏。劳动人民的丰富智慧和技巧以及无穷无尽的创造力，随同社会发展变化，重点开始转移到新的烧瓷、雕漆、织金锦、刻丝等等其他工艺生产方面去了。青铜工艺虽然在若干部门还有不同程度的进展，例如宋代官制规定，还盛行金银加工的马鞍装具。最低品级官吏，都使用铁錾银鞍镫。铁兵器杂件也常错镂金银。宋宣和仿古铜器，在当时极受重视，制作精美的商周赝品，直到现代还能蒙蔽专家眼目。创造的也别有风格，不落俗套。南宋绍兴时姜娘子铸细锦地纹方炉，在青铜工艺品中还别具一格。不过制镜工艺事实上到南宋时已显明在衰落中，特别是在南方，已再不是工艺生产的重点。这时扬州等大都市的手工业多被战争破坏，原有旧镜多熔化改铸铜钱或供其他需要。一般家常镜子，重实用而不尚花纹。在湖州、饶州、临安闻名全国的"张家"、"马家"、"石家念二叔"等等店铺所作青铜照子，通常多素背无花，只在镜背部分留下个出售店铺图记。一般情况且就铜原料生产地区，由政府设"铸鉴局"监督，和铸钱局情形相似，用斤两计算成本，三百十文一斤。镜工艺术水平低落是必然的。私人铸造虽然还不断创造新样子，却受当时道学思想影响，形态别扭，纹样失调，越来越枯燥无味。如有些用钟或鼎炉式样，铸上八卦和"明心见性"语句的，在造型艺术处理上不免越来越庸俗。女真族在北方建立的金政权和南宋政权对峙，生产破坏极大，官私铸镜，虽还采用北宋串枝花草镜规模，此外也创造了些新式样，但就总的趋势说来，工艺上还是在日益下落中，少发展，少进步。

谈写字(二)

一、宋四家

书画到宋代后,有了极大变化,说坏处是去传统标准日远,说特色是敢自我作古。试用代表这个时代的苏黄米蔡作

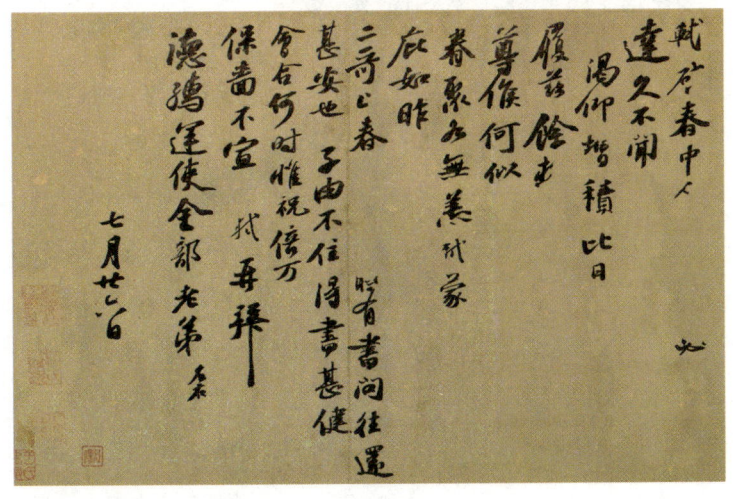

◎《春中帖》 宋 苏轼

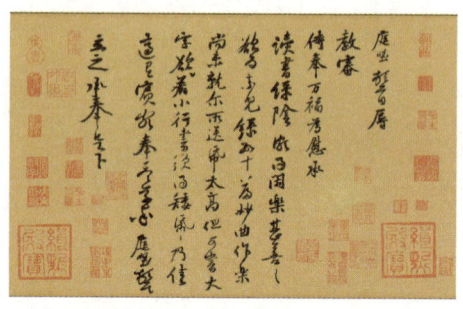

◎《教审帖》 宋 黄庭坚

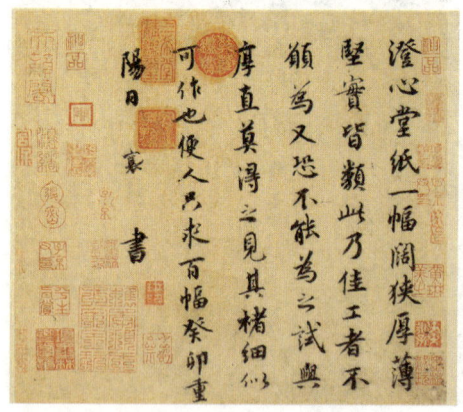

◎《王略帖》 宋 米芾

◎《尺牍（澄心堂帖）》 宋 蔡襄

例，就可知道这几个人的成就，若律以晋唐法度规模，便见得结体用笔无不带点权谲霸气，少端丽庄雅，能奔放而不能蕴藉。就中蔡襄楷书虽努力学古，也并不成功。米书称从兰亭出，去兰亭从容和婉可多远！若遇游山玩水，探胜访奇，兴会来时，攘袖挥毫，摩崖题壁，草草数行，尚有些动人处。函简往还，叙述家常琐事，跋赞法书名画，间或记点小小掌故，也留下些妙墨佳书。至若一本正经的碑志文字，四家实少佳作。苏书《罗池庙碑》，蔡书《例子谱》《万安桥记》，都笔不称名。理学大儒，馆阁词臣，元勋武将，词人骚客，也留下许多作品，如朱熹、王安石、司马光、文彦博、韩绛、吴琚、范成大、陆游，大多数可说是字以人传，无多特别精彩处。其中倒还是范成大和陆游较好。即以四大家而论，米称俊爽豪放，苏称妩媚温润，黄号秀挺老成，蔡号独得大王草法；其实则多以巧取势，实学不足，去本日远。即以对于艺术兴趣特别浓厚赏鉴力又极高之徽宗皇帝而言，题跋前人名迹时，来三两行瘦金体书，笔墨秀挺自成一格，还可给人一种洒落印象。写字一到二十行，就不免因结体少变化而见出俗气，难称佳制。《墨庄漫录》称：

> 海蔚以书学博士召对。上问本朝以书名数人。海蔚各以其人对，曰："蔡京不得笔，蔡卞得笔而少逸韵。蔡襄勒字，沈辽排字，黄庭坚描字，苏轼画字。"上复问："卿书如何？"对曰："臣书刷字。"

倪思评及宋贤书时，也有相似意见。大米虽有痴名，人实不痴，对于自己一笔字，平时倒看得极重。其实论到宋代几个有名书家笔墨长短时，这种应对可谓相当准确，并非完全戏谑。说宋人已不能如虞欧褚颜认真写字，并不为过。

宋人虽不长于认真写字，可是后世人作园林别墅匾对，用宋人字体写来，却还不俗气，照例可保留一种潇洒散逸情趣，容易与自然景物相衬。比仿颜柳字体少市侩气，呆仿六朝碑少做作气。就中米苏字体，在卷轴上作一寸以内题识时，笔墨尽管极力求脱俗，结果或者反而难免俗气。若把字体放大到一尺以后，不多不少来个三五字，却雅韵欲流，面目一新。

然放大米书容易，放大苏书似不容易。因此能作大字颜黄体的有人，作苏书的不多见。

二、近代笔墨

康南海先生喜谈书法，谈及近百年笔墨优劣时，有所抑扬，常举例不示例，不足以证是非。至于南海先生个人用笔结体，虽努力在点画间求苍莽雄奇效果，无如笔不从心，手不逮意，终不免给人一芜杂印象。一生到处题名，写字无数，且最欢喜写"开张天岸马，奇逸人中龙"一联，却始终不及在云南昆明黑龙潭相传为陈抟那十个字来得秀雅奇逸！昔人说，鲜于伯机、康里子山笔下有河朔气。南海先生实代表"广东作风"，启近代"伟人派"一格。反不如

◎《对联》 清　康有为

梁任公、胡展堂同样是广东人，却能谨守一家法度，不失古人步骤，转而耐看。

其实欲明白清代书法优劣，为南海先生议论取证，不如向故都琉璃厂走走，即可从南纸店和古董铺匾额得到满意答复。因为照习惯，这百十家商店的市招，多近两百年国内名流达宦手笔。虽匾额字数不多，难尽各人所长，然在同一限度中却多少可见出一点各自不同的风格或性格。北平商店最有名市招，自然应数宣武门外骡马市大街"西鹤年堂"一面金字招牌，传为严分宜手书，字体从小欧《道因碑》出，加峻紧险迫，筋骨开张，二百年来还仿佛可从笔画转折间见出执笔者性情。至于琉璃厂匾额，实美不胜收。二十六年最摩登的应数梅兰芳为"伦池斋"写的三个字。乾嘉时代多宰臣执政名公巨卿手笔，刘墉、翁方纲可作代表。咸同之季多儒将手笔，曾左可作代表。晚清多诗人名士手笔，……入民国以后，情形又随政体而变，总统如黎元洪、袁世凯，军阀如吴佩孚、段祺瑞，此外如水竹村人（徐世昌）的大草书，逊清太傅陈宝琛的欧体书，内阁总理熊希龄的山谷体行书，诗人词客议员记者学者名伶如樊增祥、姚茫父、罗瘿公、罗振玉、林长民、邵飘萍等等各有千秋的笔墨，都各据一家屋檐下，俯视过路人，也尽过路人瞻仰。

到民八以后，则新社会露头角的名流，与旧社会身份日高的戏剧演员，及在新旧社会之间两不可少的印人画家，如蔡元

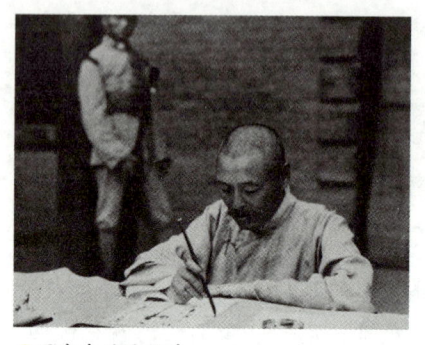
◎写字中的吴佩孚

培、胡适之、梅兰芳、程砚秋、齐白石、寿石工诸人写的大小招牌,又各自补了若干屋檐下空缺。所以从这个地方,我们不仅可以见出近两百年来有象征性的大人物名姓墨迹,还可从执笔的身份地位见出时代风气的变迁。先是名公宰臣的题署,与宏奖风雅大有关系,极为商人所尊重。其次是官爵与艺术分道扬镳,名士未必即是名臣,商人倒乐意用名士作号召。再其次是遗老与军阀,艺员与画家,在商人心中眼中已给予平等重视,这些人本身也必然承认了这个平等观。"民主"二字倒真象快要来到了。再其次是玩古董字画卖文房四宝,已得用新的一群作象征,也可知事实上这个新的一群,在时代新陈代谢中,已成为风雅的支持者了。

三、市招与社会

若说从故都一个小街上的市招字体,可看出中国近百年书法的变,和中国历史文化的新陈代谢及社会风气的转移,那从此外各地都会市招上,也一定可以明白一点东西。凡较热闹的省会，我们一定会感觉到一件事，即新的马路和新的店铺，多用新的市招。虽间或可从药店和糕饼店、南纸店，发现一二旧式匾额，比较上已不多。可知这三样旧社会的商业，或因牌号旧，或因社会需要，在新的都会中尚勉强能存在。但试想想，旧药房已不能不卖阿司匹灵，糕饼店也安上玻璃柜兼售牛奶面包，南纸店更照例得准备洋墨水和练习簿，就可知大都会这些旧牌号，虽存在实勉强存在，过不久恐都得取消了。（最后剩下的将是中医与财神庙的匾额，这是中国人五十年内少不了的。）虽然新式理发馆或大银行门面，依然常常有个伟人题字点缀，一看也就知道所需要的正如办丧事人家题铭旌，只是题字人的功名，字体好坏实已不再为任何方面注意。

不过从执笔方面也可以看出一点代表地方的象征。譬如说，南京多革命要人，市招上题名也大多数是这种要人。民十八以后，南京的旅馆、饭馆以及什么公司，都可发现谭于诸老的墨迹，多少也可象征一点民国权要的气度。山东究竟是文化礼义之邦，济南市面虽日益变新，旧招牌尚多好好保存。较新的牌号，大多数还是一个胶东状元王撼所包办，《醴泉铭》作底子的馆阁体欧书，虽平板些尚不失典型。长沙是个也爱名人也重伟人的地方（未焚烧前），各业匾额便多谭延闿先生争座位颜体大字，和书家杨仲子六朝体榜书，两人秋色平分。杭州是个也有名流也要书家的地方，所以商店中到处可见周承德

◎《九成宫醴泉铭》 唐 欧阳询 魏征撰 李琪藏本

先生宽博大方的郑文公碑体写在朱红漆金字大匾上。至若西湖沿湖私人别墅园亭，却多国内近三十年名流达官的题署。上海是个商业都会，并且是个五方杂处英雄豪杰活动地方，所以凡用得着署名市招的，就常有上海闻人虞洽卿、王一亭、杜月笙的题字。近代社会要人与闻人关系既相当密切，因之凡闻人的大小企业，却又多要人题字。

大凡欢喜写写字，且乐意到一个新地方从当地招牌上认识那地方文化程度或象征人物的，都可能有个相差不多的印象或感想，即招牌字体有越来越不高明趋势。或者因为新式商店门面宽窄无定，或者因为油漆匠技术与所用材料恶劣，居多招牌字体比例就不大与匾额相称，匾额又照例难与门面装饰相调合。至于请求名人动笔的商人呢，似乎已到不明好坏不问好坏情形，只是执笔的官位越大或为人越富于商标性就越好。至于写字的名人伟人呢，若还想把它当成一件事作，好坏之间还有点荣辱感，肯老老实实找个人代笔，还不失为得计。不幸常常是来者不拒，有求必应。有些人或者还特别欢喜当众挥毫，表示洒脱。不是用写径寸字体的结构方法放大成对径二尺三尺的大字，就是用不知什么东西作成的笔，三涂五抹而成。真应了火正后人米颠说的，不是"勒"字就是"排"字，不是"描"字就是"刷"字。可是论成就，却与古人成就相去多远！虽说这种连扫带刷的字体，有时倒也和照相馆西药房这些商号本身性质相称，可是这一来，在街上散步时，我们从市招上享受字体愉快的权利，可完全被剥夺了。

权利去掉后自然多了一种义务，那就是在任何地方都可碰头的伟人字和美术字。这两者合流，正象征一种新的形成，原来是奠基于"莫名其妙"和"七拼八凑"。从写字看文化，使我们感觉到象上月朱自清先生对于政府十年前迫学生用毛笔的复古担忧为不必要，也为梁思成先生主持北平文整会的修理工作的意见，同意以外觉得茫然。因为党国要人中虽还有个吴稚老，欢喜写写篆字。至于另外一位于右任，本精六朝书，老年手不得用，写的字就已经象是用大型特制原子笔画成的蔬菜条笔锋了。

从写字也可让我们明白，社会在变，字体在变，可是字的存在为人民继续当作一种传达意见情感的工具来运用，至少在中国，总还有个百十年寿命。字本来是让人认识的，如象北伐以后，近二十年来政工人员写的美术字标语，使我觉得即此一事,提出向"传统学习"的口号,也就还有其必要!

但是向一个现代从事政工人员说"标语明白简单醒目而有效果,宜于从传统学习",当然像是完全胡说!因为他正在打倒"传统",而学的却是有现代性的"美术字",辩论结果,只会大家头痛。

《艺术周刊》的诞生

在中国,学艺术真可怜得很。一个高中毕业的学生,入了艺术专科学校后,除了跟那个教授画两笔以外,简直就不能再学什么,更不知还可学什么。记得在上海时,曾晤及一个在艺术学校教图案的大教授。他说不久以前他到过北京。我问他对于中国古锦的种类,有不有兴味研究,对于中国铜器玉器花纹的比较有不有兴味研究,又问及景泰蓝的花纹颜色,硬木家具的体制,故都大建筑上窗棂花样,一串问题他皆带点惊愕神气用一个"否"字来回答。到后我把眉毛皱了一下,大约被他见到了,他赶忙补充似的说道:"我是教图案画的,我看到济南的汉石刻画,真不坏!"我当时差点嚷出口来:"我的天,你原来是教图案画的!"

教中国画与教艺术史的,关于他所教的那一行,我也碰过同样的钉子。

很少学校能够有一个稍稍完备的图书馆与艺术陈列室,很少学校能够聘研究本国断代艺术史与能够汇通一般艺术的教师。使学生把艺术眼光放宽，引远，且扩大他们的人格与感情，简直就不为从事艺术教育的人所注意。教画的兴味那么窄，知识那么少，教的有什么结果，就可想而知了。

凭我们的经验说说，凡是逛过公园的人，总常常见到有学艺术的青年人对那些牌楼很出神的作画。其中有的是大学一年生，有的是大学教授。看看他们的设色，构图，无一不表示他们还在习作。画来画去不离公园牌楼或树林白塔，他们的勤快与固执，真使人想起他们学艺术的方法选取题材的眼光，有点为他们发愁！除了公园中的牌楼，一个学艺术的就无可学处？谁需要那么多牌楼画？

使学画的居然能够同钓鱼游客一样，在公园林荫中从容作画，艺术教育指导者当然应负点儿责。在公园作画不是罪过，但先生们若知道多一点，也就会教学生们把学习范围放宽一点儿。然而目前先生们多少有些是画点牌楼终于成为教授的人，并且先生的先生说不准还是画这类玩意的专家！这个取证并不困难，我们只须跑到什么洋画展览会上去看看，数一数有多少幅油画的题材完全相同，就明白了。一个展览会若有三小幅画取材调色足使艺术鉴赏家惊讶，那么，这画展就不算失败了，间或有一两幅眩目惊人，过细看看，布局设色仿佛很熟，原来那是摹来的。

西洋画不会得到如何成就，还有可原谅处。所学的时间太短，教师对于大千世界的颜色与光，点线与体积，既无相汇的理解，世界上的一切光色点线自然便不能使他发迷。他虽学画，也就只"学画"而已。到外国时独自作一张人体素描，在解剖学方面不陷于错误，就得花不少时间。他原无那么多闲空时间。他一生也许画过几次石膏模型，但多数却学"油画"。回国来把他自己从博物院临来的或经教师改正过的几十幅画，作一次公开展览，于是自然而然各以因缘作了人之师。试想想，这样的教授能教什么授什么？其中聪敏一点的，强作粗犷，抛去一切典则，以为可以自创一派。同样是聪敏，而又想迎合习气，在中国受文人称赏，在外国被人承认为"中国画"的，必转而来画一群小鸡，几只白鹤，雪中骑驴，月下放舟，同时因基础不佳，便取法简易，仍然把粗犷当成秘诀，用大笔蘸墨在纸上大涂大抹了事。

学西洋画的不成，还可慢慢的进步，中国画又怎么样？生于中国的现在，人在大都市，上海、北京或南京。印刷术已十分进步，历史上各时代的名画，学艺术的差不多皆可以有机会见到。但看看我们从艺术学校得到好教育的国画家……

说到这里不知得感谢还是得批评几个时下的名人。因为他们的"成功"，以及回老家来的洋画家的"摹仿成功"，各人皆把"成功"看得那么简单容易，多数学生皆以能够调朱弄绿画点简单大笔花朵草虫为满足，山水画也就永远只是隐士垂钓远浦风帆，诗人窗下读书与骑驴过桥那一套儿。一个国画展览会不必进门，在外边我们也就可以猜想得出它的内容：仿吴昌硕

◎《枫溪垂钓图轴》 明 仇英

葫芦与梅花,仿齐白石虾蟹与紫藤小鸡,仿新罗折枝,仿南田花果,仿石涛,仿倪高士……仕女则临费小楼,竹子则法郑板桥。这种艺术展览会照样还将有些方块儿字屏条对联,又是仿刘石庵,何绍基,于右任,郑孝胥。他们这样作来,就因为学校只告诉他们这些,他们只知道这些。

大凡一个对中国前途毫不悲观的人,总相信目前国家所遭遇的忧患,还可以依赖现在与将来的一些青年人,各在所努力的事业上把恶梦摆脱。且相信不拘在政治,在艺术,在一切方面,我们还能把历史上积累的民族智慧来运用,走一条光辉眩目的新路。但那点儿做中国人的勇气与信心,真没有比入一次什么艺术展览会的大门更容易受挫折了。

所谓现代艺术家者,对于这个民族在过去一份长长岁月

◎《雪山行骑图页》 宋 佚名

◎《墨梅》 晚清民国　吴昌硕

中，用一片颜色，一把线，一块石头或一堆泥土，铜与玉，竹木与牙角，很强烈的注入自己生命意识作成的种种艺术品，有多少可以注意处，皆那么缺少注意，不知注意。各自既不能运用人类智慧光辉的遗产，却又只想陡然的在这块地面创造新的历史。

政府对于艺术教育原是无所谓的，请这些人来主持艺术学校，除了花钱真不知还有过什么安排。一切既全由校长先生主持，一个艺术学校照例就只是以中西画为主体，因人的关系或多来一个音乐系，因地的关系或多设一个实用艺术系。

为一般学艺术的青年人应有知识而言，希望图书陈列室有种稍稍象样的设备，聘请几个能把艺术观点扩大放宽的教

◎《风竹图》 清 石涛

◎《虾蟹图》 齐白石

授,以及一群熟练精巧的技师,就是一个奢侈狂妄的企图。一个学艺术的想知道中国绘画从甲骨的涂朱敷墨与甲骨文字中的象形字起始到近代为止,关于它的发展与衍变,既无图片可看,又无先生能教。想知道中国铜器陶器或其他器物从夏商周到如今,各段落所有的形体花纹材料的比较,且从东方民族器物中加以比较,它与希腊波斯印度又互相有了些什么影响,也必遭遇同样的困难。要研究石刻不成,要研究木刻更不成。中国人虽懂得把印刷术的发明安排到本国教科书中去,但它的发展,想从一个艺术学校的图书陈列室看到就不可能。中国人的治玉与牙雕,在世界上称为东方民族的神工鬼斧,艺术学校不独从不把这种熟练技师请来研究,连这些器物照像图片也就稀有少见。说瓷器,学生更难希望有个小小陈列室,把各时代的瓷器,有秩序的排出,再请一个专家来作一个品质形体花纹的比较说明。总而言之，就是一个艺术学校配称为艺术必需要的设备皆极缺少，所有的却常常是只适宜于打发到理发馆或同类地方的"人"与物。可怜的学生，他们有什么办法？其中即或有想多学一些的，跟谁去学？从何学起？

一些艺术学校，到近年来的展览会中，也间或有所谓木刻画了。我还记得在《大公报》本市附刊上，就有个某君说到他们学木刻画的困难。很显然的，目前任何艺术学校中，就还无一个主持人会注意到把中国石上的浮雕，砖上的镂雕，漆器上的堆漆与浮雕，以及木上的浮雕，与素描刻画，搜罗点实物，搜罗点图片，让想学习与有兴味学习的年轻人，多见识一点，知道运用各种材料，还有多少新路可走。

使艺术教育在一种鬼混情形中存在与发展，实为一般过去目前艺术家的习气观念所促成。在旧习气旧观念下，想中国艺术的发扬徒为幻想。必先纠正这个错误，中国艺术的明日方可有个新时代可言。《艺术周刊》的产生，便预备从这方面着手。一面将系统的介绍些外国作品与作家思想生活，一面将系统的介绍些中国东西。篇幅安排得下，还将登载点国内外重要艺术消息。这刊物因为篇幅关系，工作或者不能如所希望那样方便。（比如业已约过的专家，如容希白先生对于铜器花纹，徐中舒对于古陶器，郑振铎对于明清木刻画，梁思成、林徽音对于中国古建筑，郑颖孙对于音乐与园林布置，林宰平、卓君庸对于草字，邓叔存、凌叔华、杨振声对于古画，贺昌群对于汉唐壁画，罗暎对于希腊艺术，以及向觉明、王庸、刘直之、秦宣夫诸先生的文章，到时图片与文章的安排，若超过了篇幅还很费事。）这刊物的目的只是，使以后学艺术的，多少明白一点他所应学的范围很宽，可学的东西也不少，创一派，走一新路，皆不能徒想抛开历史，却很可以运用历史。从事艺术的人，皆能认识清楚只有最善于运用现有各种遗产的艺术家，方能创造他自己时代的新纪录。

鱼的艺术

中国海岸线长，江河湖泊多，鱼类品种格外丰富。因此，人民采用鱼形作艺术装饰图案，历史也相当悠久。近年中国科学院考古所，在陕西西安半坡村，约公元前四五十世纪的村落遗址中，就发现一个陶盆，黑彩绘活泼生动鱼形。河南安阳，公元前十三世纪的商代墓葬中出土青铜盘形器物，也常用鱼形图案作主要装饰。这个时期和稍后的西周墓葬中，还大量发现过二三寸长薄片小玉鱼，雕刻得简要而生动，尾部锋利如刀，当时或作割切工具使用，佩带在贵族衣带间。公元前九世纪的春秋时代，流行编成组列的佩玉，还有一部分雕成鱼形，部分发展

◎人面鱼纹彩陶盆

而成为弯曲龙形。照理说，鱼龙变化传说也应当产生于这个时期。公元前二世纪，秦汉之际青铜镜子，镜背中心部分，常有十余字铭文，作吉祥幸福话语，末后必有两个小鱼并列，因为鱼余同音，象征"富贵有余"的幸福愿望。公元前二世纪的汉代，这种风俗更加普遍，人们使用的青铜面盆，多铸造于西南朱提堂狼郡，内部主要装饰，就多作两只美丽活泼的大鱼。此外，女子缝纫用的青铜熨斗，照明的灯台，喝酒用的椭圆形羽觞，上面也常使用这种图案。当时陕西河南一带贵族墓葬，正流行使用一种长约一米的大型空心砖堆砌墓室，砖上有种种花纹，双鱼纹也常发现。丝绸上起始用鱼形图案。私人用小印章也有作小鱼形的。可见美术上的应用，已日益普遍。主题象征意义是"有余"。中国是个广大农业地区的国家，希望生产有余正是人之常情。战国时哲学家庄周，曾写过一篇抒情小品文，赞美过鱼在水中的快乐。公元二三世纪间，又有一首南方民歌，更细致素朴描写到水池中荷花下的鱼的游戏：

江南可采莲，莲叶何田田。
鱼戏莲叶东，鱼戏莲叶西。
鱼戏莲叶南，鱼戏莲叶北。

从此以后，"如鱼得水"转成了夫妇爱情和好的形容。但普遍反映于一般造型艺术上，却晚到十世纪左右才出现。

公元七世纪后的唐代，鱼形的应用，转到两个方面，十分特殊。一个是当时镀金铜锁钥，必雕铸成鱼形，叫做"鱼钥"。是当时一种普遍制度，大至王宫城门，小及首饰箱箧，无不使用。用意是鱼目日夜不闭，可以防止盗窃。其次是政府和地方官吏之间，常用一种三寸长铜质鱼形物，作为彼此联系凭证，上铸文字分成两半，一存政府，一由官吏本人收藏，调动人事时就合符为证。官吏出入宫廷门证，也作鱼形，通称"鱼符"。中等以上官吏，多腰佩"鱼袋"，这种鱼袋向例由政府赏赐，得到的算是一种荣宠，通称"紫金鱼袋"，真正东西我们还少见到。宋代尚保存这个制度。可是从宋画宋俑服饰上，还少发现使用鱼袋形象。又唐代已盛行国家考试制度，有一定文学水平的平民可望通过考试转成政府官吏。汉代以来风俗相传，黄河中部有大悬瀑，名叫"龙门"，鱼类能跳跃上去的，就可变龙。所以当时人能见得名流李膺的，以为是登龙门。唐代考试多由达官贵族操纵，人民获中机会并不多，因此，人民也借用它来作比喻，考试

◎《藻鱼图》 元 赖庵

及格的和鱼上升龙门一样。"鲤鱼跳龙门"于是成为一般幸运象征，和追求幸运的形容。因此成为一般艺术主题，民间刺绣也起始用它做主题。公元十世纪的宋代，考试制度有进一步发展，图案应用因此更加广泛。

这个时期，在中国浙江龙泉烧造的世界著名的翠绿色瓷器，小件盘碟类，还多沿袭汉代习惯，中心加二小鱼作装饰。江西景德镇的影青瓷，和北方的定州白瓷，和一般民间瓷，鱼的图案应用更加多了些，意义因此也略有不同。在盘碗中的，多当成纯艺术表现。若用到瓷枕上，或上面加些莲荷，实沿袭"采莲辞"本意，喻夫妇枕上爱情"如鱼得水"。又有在青铜镜子上浮雕双鱼腾跃的，用意相同。现实主义的绘画，正扩

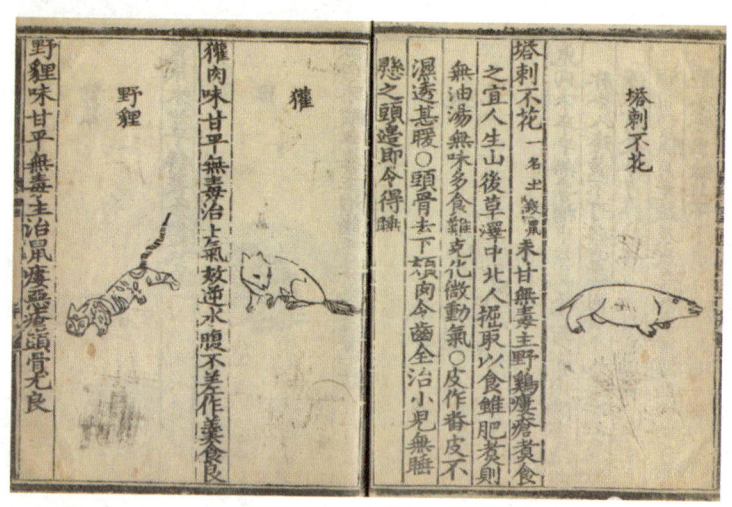

◎ 饮膳正要

大题材范围，还出了几个画鱼名家，如刘寀等，作品表现鱼在水中悠游自得的乐趣，千年来还活泼如生，丰富了中国绘画的内容。后来八大、恽南田，直到近代白石老人，还一脉相承，以此名家。在高级丝织物部门，纺织工人又创造了鱼形图案的"鱼藻锦"，金代还作为官诰包首。宋代重视元宵灯节，过年灯节时，全国儿童照风俗都玩龙灯和彩色鱼形灯。文献中也有了人工培养观赏红鱼的记载。杭州已因养金鱼而著名。

元代有部《饮膳正要》书籍，部分记载各种可吃的鱼，还有很好的插图，没有提到金鱼，可知当时统治者虽好吃，而且有许多怪吃法，但是还不到吃金鱼程度。

公元十五世纪的明代，绸缎中的鱼锦图案有了发展。国家织造局专织一种飞鱼形衣料，作不成形龙样，有一定品级才许穿，名"飞鱼服"。到十六七世纪的明代晚期，杭州玉泉观鱼，已成西湖十景之一。北京金鱼池则已成宫廷养金鱼处，江西景德镇烧瓷工人，嘉靖万历时发明的五彩瓷，起始用红鱼做主题图案。当时宫廷需要大件瓷器中，大鱼缸种类增多，因此，政府在江西特设"龙缸窑"，专烧龙纹大鱼缸。反映宫廷培养金鱼已成习惯，鱼的品种也日益增多。但是这时期的鱼缸留下虽多，造型艺术中，十分奇特美观的金鱼形象留下的可并不多。北京郊区发掘出的几具绘有五彩红鱼大罐，鱼的样子还和朱鲤差不多。另处也发现一种各种褐釉陶制上作开光花鸟浮刻大鱼缸，根据比较材料，得知烧造地或出于江南，后来人虽用来作鱼缸，出土物里面却多坐了个大和尚，是由大鱼缸转为和尚坐化所利用。这类特制大缸不同处是上面还常有个大盖。缸上也有作鳜鱼浮雕图案的。

十七世纪中清代初期，江西景德镇烧造的彩釉和白胎彩绘瓷，都达到了中国陶瓷史艺术高峰，鱼形图案应用到瓷器上，也得到了极高成就，精美无匹。用鳜鱼的较多，是取"富贵有余"意思。或用三或用五，多谐三余五余。灯笼旁流苏，也有作双鱼形的。并且产生了许多造型完美加工精致的鱼缸。在故宫陶瓷馆陈列的仿木釉纹的鱼缸，是一件有代表性的艺术品。此外已有玻璃缸养金鱼的，代表新事物，成为当时贵族人家室内装饰品。至于鱼形应用到刺绣椅披和袍服上，多是双鱼作八字形斜置，如磬形，取"吉庆有余"意思。用鲢鱼形的则叫"连年有余"。也有雕成小玉佩件的。

至于玩赏性的金鱼，品种的改进与增多，应和明代南方中产阶级的兴起及一般工艺品的发展有一定关系。明文震亨的《长物志》卷四说："朱鱼独盛吴中，以色如辰州朱砂故名。此种最宜盆蓄，有红而带黄色者，仅可点缀陂池。"记述品种变态，当时即有种种不同名称："初尚纯红、纯白，继尚金盔、金鞍、锦被，及印头红、裹头红、连腮红、首尾红、鹤顶红，继又尚墨眼、雪眼、硃眼、紫眼、玛瑙眼、琥珀眼、金管、银管，时尚极以为贵。又有堆金砌玉、落花流水、莲台八瓣、隔断红尘、玉带围梅花、月波浪纹、七星纹种种变态，难以尽述。然亦随意定名，无定式也。""蓝如翠，白如雪，迫而视之肠胃俱见，即朱鱼别种，亦贵甚。"述鱼尾则有："自二尾以至九尾，皆有之。第美钟于尾，身材未必佳。盖鱼身必宏纤合度，骨肉停匀，花色鲜明，方入格。"

到十九世纪以来，培养金鱼的风气，已遍及各地。道光瓷器和刺绣中女人衣上的挽袖、衣边，多作龙睛扇尾金鱼。这时节出了个画金鱼的画家，名叫虚谷，是个和尚，画了一生的金鱼。清代货币除铜钱外用金银，实物沉重，不便携带，民间银号、钱庄流行信用银票和钱票，因此盛行一种贮藏银票杂物的"褡裢"，佩在腰带上。为竞奇争异，上面多作各种不同刺绣花纹，金鱼图案因此也成为主题之一，用各种不同绣法加以表现，产生许多有趣小品，同时皇室贵族妇女衣裙边沿刺绣，和平民妇女小孩围裙鞋面，都常用金鱼作装饰图案。民间剪纸原属于刺绣底样，就产生过许多不同的美丽形象。当时在苏州织造"绮霞馆"打样的提花漳绒，用金鱼图案织成的，花纹布置，格外显得华美而有生趣。

这些装饰图案的流行，反映另外一种事实，即金鱼的培养，从十九世纪以来，已逐渐成全中国习惯。由于南北气候不同，养鱼方法也不尽相同。南方气候比较热，必水多些金鱼才能过夏，因此盛行大鱼缸。这种鱼缸一般多搁在人家庭院中，缸上照规矩还得搁一座小小石假山，上面种一些特别品种花药，千年矮或虎耳草，和翠色蒙茸的霉苔，十分美观。一面可作缸中金鱼的荫蔽,一面可供赏玩。一座有值百十两银子的。缸中水里还搁个灯笼式空花"鱼过笼",明龙泉窑烧造较多,景德镇则烧作米色哥窑式。北方地寒,瓷缸多较小,和玻璃缸常搁于客厅中窗前条案间,作为室内装饰品一部分。十八世纪著名小说《红楼梦》,就描写过这种鱼缸。室外多用扁平木桶和陶缸,冬天必收藏于温室里,免得冻坏。

养金鱼既成社会习惯,因之也影响到现代一般工艺品的题材。北京著名的景泰蓝,就有用金鱼作装饰图案的。此外,玉、石、骨、牙、竹、木雕刻中,民间艺术家更创作了多种多样的美丽形象。而最值得赞美的,还是金鱼本身品种的千变万化,给人一种愉快难忘印象。公园中蓄养金鱼地区,照例是每天游人集中地方。庙会中出卖金鱼摊子,经常招引广大的妇女和小孩不忍离开。

还有北京市小街窄巷间,每天我们都有机会可以发现卖金鱼的担子,卖鱼的通常是个年过七十和气亲人的老头子,小孩一见这种担子,必围着不肯走开,卖鱼的老头子和装在小玻璃缸中游动的小金鱼,使得小朋友眼睛发光。三者又常常共同综合形成一幅动人的画稿,至于使它转成艺术,却还有待艺术家的彩笔!

中国古代陶瓷

陶瓷发展史是民族文化发展史的一部分。

中国有代表性的史前陶器，是三条胖腿的鬲。鬲的产生过程，目下我们还不大明白，有的专家认为是由三个尖锥形的瓶子合并而成的。当时没有锅灶，用鬲在火上烹煮东西，实在非常相宜。比较原始的鬲，近于用泥捏成，做法还十分简单。后来才加印上些绳子纹，并且起始注重造型，使它既合用，又美观。进入历史时期，鬲依然被广泛使用，却已经有另外两种主要陶器产生，考古学者把它叫做彩陶和黑陶。

彩陶出土范围极广，时间前后相差也很大。为便于研究，因此把它分作

◎三乳足鬲式鼎

◎ 鸟形兽　新石器时代　红陶质

数期,但年代终难确定。河南、陕西、甘肃、山西黄河流域一带发现的,时期比较接近,但更新的发现还不断在修正过去估计。这是一种用红黄色细质泥土做胎,颈肩部分绘有种种黑色花纹,样子又大方又美观的陶器。工艺制造照例反映民族情感和气魄。看看这些彩陶便可明白,我们祖先的性格历来就是健康、明朗、质朴和爱美的。

比彩陶时代稍晚些,又有一种黑陶在山东产生,是一九二一年在日照县城子崖发现的。用细泥土做胎,经过较高火度才烧成。黑陶的特征是素朴少装饰,胎质极薄,十分讲究造型。同时还发现过一个旧窑址,因此把烧造的方法也弄明白了。有一片残破黑陶器,上面刻画了几个字,很像"网获六鱼一小龟",可以说是中国陶器上出现的最早期文字。少数历史学者,想把这些东西配合古代历史传说,认为是尧舜时代的遗物。这一点意见,目前还没有得到科学考古专家的承认。

代表文字成熟时期的最重要现,是在河南安阳县洹水边古墓群里出土的四种不同陶器（因为和大量龟甲文字同时出土，已经确定是三千二百年前殷商时代的东西）：一、普通使用的灰陶；二、山东城子崖系的黑陶；三、完全新型的白陶；四、带灰黄釉的薄质硬陶。灰陶在当时应用极普遍，大小墓中都有，而且特别具有展性。到了周代，记载上就提起过用它做大瓦棺。春秋战国时，燕国都城造房子，用瓦已大到二尺多长，还印有极精美的三角形云龙花纹。又有刻花的墙砖，合抱大陶鼎，径尺大瓦头，图案都十分壮丽。在长安洛阳一带汉代古墓里，还现过许多印花空心大砖，每块约七十斤重，五尺多长，上面全是种种好看花纹，有作动植物的游猎车马图案的，有作矫健活泼龙形的。这些大砖图案极为精美，设计又合乎科学，表现出了古代中华民族的伟大气魄和切实精神，也表现了古代工人的智慧和优秀技术。由此展，两千年来，中国驰名于世界的古代建筑艺术，特别是一千七百年前晋代以来塔的建造和唐宋明清典型的宫殿建筑，更加显出民族艺术的壮美和崇高。

在商代坟墓中的黑陶，有几件是雕塑品，装饰在墓壁间，可以推想在当时已经是比较珍贵的生产。后来浙江良渚镇也现过一些黑陶，时代还不易估定。近年来，河南辉县又现过一些战国时期的黑陶鼎，北京郊外也现过一些汉代黑陶朱画杯盘，都可以说是古代黑陶的近亲。

至于白陶的出现，实在是文化史上的一件大事情，因此这种花纹精美，形式庄严的白质陶器，在世界陶瓷美术史中，占据了首席位置。它的花纹和造型，虽不如同时期青铜器复杂多样，有几种却和当时织出的丝绸花纹相通。重要的是品质已具有白瓷的规模，后来唐代河北烧造的邢瓷，宋代的定瓷，虽和它相去已两千年，还是由它发展而来。

另外重要的发现是涂有一层薄薄黄釉的陶器，明白指示我们，三千年以前，聪敏优秀的中国陶瓷工人，就已经知道敷釉是一种特别有发展性的技术加工。这种陶器的特征，胎质比其他三种都薄些，釉色黄中泛青，釉下有简单水纹线条，本质已具备了瓷器所要求的各种条件，恰是后来一切青绿釉瓷器的老大哥。

随后又有四种不同的日用釉陶，在不同地区出现。

第一类是翠绿釉陶器，用作墓中殉葬品，风气较先，或从洛阳长安创始。主要器物多是酒器中的壶、樽和羽觞，近于死人玩具的杂器，在楼房、猪羊圈、仓库、井灶有种种不同的陶俑。此外还有焚香用的博山炉，是依照当时神话传说中的海上蓬莱三山风景做成的。主要纹样是浮雕狩猎纹。这种翠绿色亮釉的配合技术，有可能是当时方士从别处传来的。在先或只帝王宫廷中使用，到东汉才普遍使用。

第二类是栗黄色加彩亮釉陶器。在陕西宝鸡县斗鸡台地方得到，产生时代约在西汉末王莽称帝前后，器物有各式各样，特征是釉泽深黄而光亮，还着上粉绿釉彩带子式装饰，色调比

◎青釉四系罐　晋

例配合得非常新颖,在造型风格上也大有进步。一切从实用出发,可是十分美观。两种釉色的原理,恰指示了后来唐代三彩陶器和明清琉璃陶一个极正确的发展方向。

第三类是茶黄色釉陶器,起始发现于淮河流域,形式多和战国时代青铜器中的罂、罍差不多。其釉色、胎质,上可以承商代釉陶,好像是它极近亲属,下可以接长江南北三国以来青釉陶器,做成青瓷的先驱。

第四种极重要的发现,是一件浅绿釉色陶器,也可以说是早期青瓷器。是河南信阳县擂鼓台东汉永元十年(公元九八年)坟墓中挖出来的。这件陶器花纹、形式、釉色都和汉代薄铜器一样。胎质硬度已完全如瓷器,目下我们说汉代青瓷器,就常用它作代表。这些青绿釉陶启示了我们对中国陶瓷发展的新认识。两千年前陶釉的颜色,特别发展了青绿釉,实由于有计划取法铜器而来。可能有三种不同原因,才促进技术上的成功:一、从西汉以来节葬的主张到东汉社会曾起了相当作用;二、社会经济发展,铸钱用铜需要量渐多,一般殉葬器物受限制，因而发明用釉陶代替铜器；三、釉陶当时是一种时髦东西，随社会经济高度发展而来。

从上面发现的四种釉陶器看来，我们可以肯定，陶器上釉至迟到西汉末年，就已经成为一种正常的生产。先是釉料中的赭黄和翠绿在技术上能正确控制，随后才是仿铜绿釉得到成功。但就出土遗物比较，早期绿釉陶器的生产价值，可能比同时期的铜器还高些。因为制作上的精美，是一般出土汉代铜器不如的。陶器形态也起始有了很多新变化，一切从实用出发。例如现代西南乡村中还使用的褐釉陶器，在信阳出土一千八百年前陶器中，就已经发现过。现代泡酸菜用的覆水坛子，宝鸡县出土两千年前带彩陶器中也有，并且有了好多种不同式样。

这些划时代的新型陶器，除实用外还十分结实美观，这也正是中国陶瓷传统的优点。这时节还有一种和陶釉有密切联系的工艺生产，即玻璃器的制作，同样有较多方面的展开。小件彩琉璃珠装饰品，在西北新疆沙漠废墟、朝鲜汉人坟墓和长沙东汉墓等都陆续有发现，其中做得格外精美的，是一种小喇叭花形明蓝色的耳珰和粉紫色长方柱形器物。仿

◎越窑瓜棱碗　唐至五代

◎官窑鸟食罐　南宋

玉色做成的料璧,即《汉书》中说的"璧琉璃",也常和其他文物在汉墓中出现。又如当时最时髦的玉具剑,剑柄剑鞘用四五种玉,也有用玉色琉璃做的。至于各色玻璃碗,史传中虽提起过,实物发现的时代,却似乎稍晚些。样子又大方又美观的陶器。工艺制造照例反映民族情感和气魄。看看这些彩陶便可明白,我们祖先的性格历来就是健康、明朗、质朴和爱美的。

但是由汉代绿釉陶器到宋代的官、钧、定、汝窑四种著名世界的青白瓷器,中间却有约八百年一段长时间,陶瓷发展的情形,我们不明白。它的进展过程,在文献上虽有些记载,实物知识可极贫乏。因此,赏鉴家叙述中国瓷器发展史时,由于知识限制,多把宋瓷当成一个分界点,以前种种只是简简单单糊糊涂涂交代过去。一千七百年前的晋代人,文件中虽提起过中国南方出产的东瓯、白垟和缥青瓷,可无人能知道白垟和缥青瓷的正确釉色、品质和式样。中国人喝茶的习惯,南方人起始于晋代,东瓯、白垟即用于喝茶。南北普遍喝茶成为风气是中唐以后,当时有个喝茶内行的陆羽,著了一部《茶经》提起过唐代各地茶具名瓷，虽说起越州青瓷如玉，邢州白瓷如雪，同受天下人重视；四川大邑白瓷，又因杜甫诗介绍而著名；到唐末五代，江浙还出产过一种秘色瓷，和北方传说的柴世宗皇帝造的雨过天青柴窑瓷，遥遥相对，都是著名作品，可是，这些瓷器的真实具体情况，知道的人是不多的。经过历史上几回大变故，如宋与辽金的战事和元代一百年的暴力统治，因此明代以来的记载，就更加不具体。著名世界的收藏所如故宫博物院对于旧瓷定名，也因之无一定标准。问题的逐渐得到解决，是由一系列的新发现，帮助启发了我们，才慢慢搞清楚的。

先是一九三○年前后，河南安阳隋代古墓的开发得到了一份陶器，极引人注意的，是几个灰青釉四个小耳的罐子，和几个白瓷小杯子。墓志写明这坟里的死人名叫卜仁，是隋仁寿三年埋葬的。重要处是青釉瓷和汉绿釉发生了联系，白釉瓷杯还是新纪录。差不多同时，中国南方古越州窑的种种，经过陈万里先生的调查收集，编印了一部《越器图录》，也初步丰富了我们许多越系青瓷的知识。特别重要是一九三六年以来，浙江绍兴地方因修公路挖了约三千座古墓，墓中大量青瓷的发现和墓中出土的有字坟砖，刻画人物车马的青铜镜子，经过一九三七年《文澜学报》上的报告，让我们明白这份青瓷的时代，实包括了由三国时东吴一直到唐代，前后约六百年，标准的缥青瓷和越青瓷，都可从这份瓷器中得到实物印证。这前后

◎ 定窑划花牡丹盘　宋

◎ 汝窑小洗　北宋

六百年中国南方绿釉瓷的发展史的空隙，就和有了一道桥梁一样，前后贯串起来了。也因此明白此后宋代南方生产驰名世界的哥窑和龙泉窑，修内司官窑，都有了个来龙去脉，不是凭空创造，被人当成奇迹看待。优秀传统底子，所以它的发展，倒是历史必然了。

至于北方青瓷的发展，从汉代到隋代，中间依然还有五百年的空隙，无从填满。北方古董店虽常有一种灰青釉或翠青釉瓶罐杂器，从胎质、釉色、纹片看来，都比唐代白瓷器旧些，比汉釉陶又似乎晚些，一般人常叫它做"古青瓷"。真正时代却无人知道。另外即五代后周柴氏在显德中烧造的柴窑，因传说中的"雨过天青"釉色而著名。明清人笔记辗转抄引，更增加了它的地位，可是却有名无实。明代以来记载，矛盾百出，看不出真正问题。种种附会随之而来，假柴窑因此南北流行。廓清这种传说和伪托，也是要从地下新的发现来解决的。中国解放为社会带来了无限光明的希望，对于中国陶瓷史的知识，也得到了一种新的光明照耀，豁然开朗。一九五〇年，华北人民政府拨给历史博物馆一大批文物，其中有一份陶瓷，是河北省景县人民发掘出土的。器物中有孔雀绿釉，有栗壳黄釉，还有很多浅青釉和淡黄釉的杯碗，一件豆青杂釉的高脚盘，三个高约三尺堆雕莲花大型青釉尊，和一蓝一白两个玻璃碗。若仅此完事，我们还会以为大致是唐宋之际的东西。可是另外还有一些素铜器和素陶器，陶骑士俑和男女俑，都可证明确是北魏以来遗物。更重要的是两方墓志和几方铜印，让我们明白，原来还是一千五六百年前南北史中有名的封家墓葬中器物！这一来，一道新的桥梁，把北方青瓷发展历史，也完全沟通

◎ 白釉高足盘　唐

了。这份陶瓷从釉色，从式样，为我们提供了许多新鲜确实的物证，不啻告诉我们，它既上承汉代青黄釉陶的优秀传统，有了进一步的提高，下还启发了隋唐二代北方的三彩陶和邢州白釉瓷，宋代官、汝、定诸瓷，一直向前迈进。同时把明代人对于柴窑所加的形容，"天青色，滋润细媚，有细纹，足多黄土"和"制精色异，为诸窑之冠"也藉此明白，原来形容的大都是这种六朝瓷器。特别难得的计两种器物，一件是灰青釉堆雕莲花大尊，在造形设计和配釉技术上，都完全打破了旧纪录，达到那个时代极高的成就。造形设计且掺杂了些印度或罗马雕刻风格，可见出文化上的综合性。其次是两个玻璃碗，虽出于北朝人坟墓中，碗的形状及下部网式纹饰，和西北出土的汉代漆筒子杯花纹倒极相近。自汉代以来，统治阶级大都讲究服药，晋代著名方士葛洪著的《抱朴子》，就提起过服神仙长生药，是要用极贵重的琉璃碗或云母碗的。这种琉璃碗在河北省

器物之美 ‖ 217

出土，还是中国地下材料的崭新纪录。因此这份文物，不仅可作汉隋之间数百年间北方陶瓷历史的新桥梁，还更深一层启示了我们，劳动人民的伟大创造性是永远在发展中，且不断会有新的东西，从一个传统肥沃土壤中生长的。我们读历史，就知道这个时代正是住居黄河流域的北中国人民，遭受西部羌胡民族长期战争的蹂躏，本来文化受到严重摧残，人民基本手工业生产，也大都被破坏垂尽的时期。陶瓷工人在这种万分困难悲惨情况下，对于陶瓷的生产，不仅并未把原有优良技术失坠，还继续不断讲求进步，得到如此惊人的成就。另一面，又因此知道，唐三彩陶和白釉陶瓷，都无一不是从原有基础上逐渐改进，北宋在河南河北出产的官、均、定、汝四大名瓷的成就以及民间窑瓷器能产生如磁州窑和当阳峪窑、临汝窑诸瓷，作为百花齐放的状态，也无一不是在一定程度中慢慢提高，并非突然产生。总之，这份六朝青瓷的发现，对于中国陶瓷美术工艺的研究，实在太有用了。

总上种种叙述，我们已比较具体把中国由商代到唐初伟大陶瓷工艺的发展过程以及近五十年发现过程，得到一个简要明确的印象。还借此知道，中国陶瓷过去其所以能在世界陶瓷业中居领导地位，实有两种重要原因：一、生产方式中，很早就已分工组织，到目前为止，分工合作的生产方法，还是比其他手工业生产或半机制工业生产，细密而具体；二、聪敏伟大的陶瓷工人，不问是某一部门的工作，都是非常尊重传统的优良技术和切实有用经验的。因为他们深深明白,如何从民族遗产学习,不断改进生产的技术,又勇于作种种新的试验,方能在历史发展每一段落中,都取得非常光辉的新成就。这两种长处,即到如今还依然好好保持下来,并未失坠。

扇子史话

扇子,在我国有非常古老的历史。出于招风取凉、驱赶虫蚊、掸拂灰尘、引火加热种种需要,人们发明了扇子。

从考古资料方面推测,扇子的应用至少不晚于新石器时代陶器出现之后,如古籍中提到过"舜作五明扇"。但有关图像和实物的发现却较晚。目前所见较早的扇子形象是东周、战国铜器上刻画的两件长柄大扇,以及江陵天星观楚墓出土的木柄羽扇残件。从使用方面看,由奴隶仆从执掌,为主人障风蔽

◎战国金银错铜壶上的奴隶执长柄扇

◎战国时期矩纹漆竹编扇　　◎西汉时期竹编扇

日,象征权威的成分多于实际应用。

战国晚期到两汉,一种半规型"便面"成为扇子的主流。其中以江陵马山楚墓出土、朱黑两色漆篾编成的最为精美。便面一律用细竹篾制成,上至帝王神仙,下及奴仆烤肉,灶户熬盐,无例外地都使用它。

魏晋南北朝时期,"麈尾"、"麈尾扇"、"羽扇"及"比翼扇"相继出现。"羽扇"前期本由鸟类半翅制成,后来用八羽、十羽并列,且加了长木柄。"麈"是领队的大鹿,魏晋以来尚清谈,手执麈尾有"领袖群伦"含义。"麈尾扇"传由梁简文帝

◎《职贡图》(局部) 唐 阎立本

◎《步辇图》(局部) 唐 阎立本

萧纲创始，近于麈尾的简化，固定式样似在纨扇上加鹿尾毛两小撮。"比翼扇"又出于麈尾扇，上端改成鸟羽，为帝子天神、仙真玉女升天下凡翅膀的象征。

隋唐时"麈尾"虽定型，但使用范围缩小。"纨扇"起而代之，广为流行。"纨扇"亦即"团扇"，主要以竹木为骨架，制成种种形状，并用薄质丝绸糊成；历来传说出于西汉成帝朝（公元前三二一前七）。南北朝时，纨扇扇面较大，唐代早期还多作腰圆形，近乎"麈尾"之转化。唐开元、天宝以来才多"圆如满月"式样。纨扇深得闺阁喜爱，古代诗词中多有反映，如"团扇、团扇，美人并来遮面"，"银烛秋光冷画屏，轻罗小扇扑流萤"，"团扇复团扇，奉君清暑殿。秋风入庭树，从此不相见"。借团扇刻画出少女种种情态或愁思，可见扇子的功能已大为扩展。

宋元时期纨扇尽管还占主要地位，且更多样化，但同时也出现另一新品种"折叠扇"，即折扇；一般认为是北宋初从日本、高丽传入的。南宋时生产已有相当规模。但扇面有画的传世实物连

◎《韩熙载夜宴图》（局部） 五代 南唐 顾闳中

同图像反映、画录记载,两宋总计不到十件,元代更少。这种情况也许因当时多用山柿油涂于纸面做成"油纸扇",不宜绘画,只供一般市民使用;或与当时风习有关,虽也有素纸"折叠扇",但只充当执事仆从手中物,还不曾为文人雅士所赏玩,因而尚未成为书画家染翰挥毫的对象。元代山西永乐宫壁画,保留了大量元人生活情景,"折叠扇"仍只出现于小市民手中。

到了明代,折扇开始普遍流行,先起宫廷,后及社会。明永乐年间,成都所仿日本"倭扇",年产约两万把。早期扇骨较少,后来才用细骨。扇面有加金箔者,特别精美的由皇帝赏给嫔妃或亲信大臣,较次的按节令分赐其他臣僚。近年各地明代藩王墓中均有贴金折扇及洒金折扇出土。浑金扇面还有用针拨画山石人物的,极似倭扇格式。也有加画龙、凤的,可能只

◎书扇页　明　文征明

限于帝后使用。至于骚人墨客等风雅之士,讲究扇面书画,使之更近于工艺品。当时的川蜀及苏州都是折扇的主要产地。折扇无疑已成为明代扇子的主流,影响到清代,前后约三个世纪之久。

歌舞百戏用扇子当道具,也是由来已久。唐宋"歌扇"已成为诗文中习用名辞,杂剧艺人不分男女腰间必插一扇;元杂剧中扇子已成为必不可少的道具,习惯上女角多用小画扇,大臣儒士帮闲多用中型扇,武臣大面黑头等则用白竹骨大扇,有长及二尺的。演员借助扇子表现角色的不同身份和心理状态,妙用无穷。剧目和文学作品中也有以扇为主题的,如"桃花扇"、"孙悟空三借芭蕉扇"、"晴雯撕扇"等,可见其影响之大。

折扇外骨的加工,明代已得到极大发展。象牙雕刻,螺钿镶嵌,及用玳瑁薄片粘贴,无所不有。但物极必反,不加雕饰的素骨竹片扇也曾流行一时,甚至一柄值几两银子。清代还特别重用洞庭君山出的湘妃竹,斑点有许多不同名称,若作完整秀美"凤眼"形状,有值银数十两的。至于进贡折扇,通常四柄放一扇匣内,似以苏浙生产的占首位。

清代宫廷尚官扇,包含各种不同式样。雍正四妃像中,即或执折扇,或执官扇。官扇一般式样多为上宽下略窄,扇柄多用羊脂玉、翡翠、象牙等珍贵材料加工而成,扇面还有用象牙劈成细丝编成网孔状的,这实在只是帝王的珍玩,已无任何实

◎《画班姬团扇》 明 唐寅

226 ‖ 向阳而美

用意义。

至于农人,则一律是蒲葵扇,《雍正耕织图》中,他本人自扮的老农也不例外。高级官僚流行雕翎扇,贵重的有值纹银百两的,到辛亥革命后才随同封建王朝覆没而退出历史舞台。后来京剧名角余叔岩、马连良扮诸葛亮时手中挥摇的

◎马连良与张大千

雕翎扇,大约从北京的前门外挂货铺花四五元就可买到。

中国古玉

中国的雕玉艺术,是从石器时代磨治石器发展下来的一种特殊艺术。它的初期作品,在形态和花纹上的成就,我们目下实在还不大明白。只知道至迟在公元前十二世纪左右,殷商时代古坟中出土的种种雕玉,就显示出它在艺术上已达成熟期。后来雕玉技术中的平面透雕、线刻、浮雕和圆雕,种种不同表现方法,都已具备。并且可以看出已经熟练运用旋轮车盘,利用高硬度的宝石末,和用高硬度金属工具,来切磋琢磨。艺术上的特征,即把严峻雄壮和秀美活泼几种美学上的矛盾,极巧妙地融化统一起来,表现于同一作品中,得到非常的成功。无论大型玉戈和玉刀,或是一件小佩玉,效果总是相同的。由于玉本质的光莹润泽,和制作设计上的巧慧,做工的精练与谨严,特别是治玉工人对于材料的深刻理解,使它在中国古代美术史中,占有一个特别重要的位置。

中国历史文献称商代最后一个帝王纣辛,因人民反抗他的残暴政治,自焚于鹿台时,身边还有宝玉一亿有余。统治者大量雕玉的占有，充分反映出中国奴隶社会的末期，奴隶主和奴隶之间的阶级对立，如何尖锐显明。当时一般人民进行生产、种植和狩猎，大都还使用石斧、石镰、蚌锯和石、骨、蚌箭头做生产工具，统治者却用精美玉器装饰他心爱的狗、马和本人一身。这时期的玉器制作，自然多出于有技术的奴隶双手。

大致可以分作两部分：

一、大型玉多属玉兵器和礼仪上用玉。兵器中有玉戈、玉矛头和玉斧钺，等等，有的还镶嵌在刻有非常精美花纹的青铜柄上。礼仪用玉有圆形玉璧，筒状玉琮，齿轮状玉璇玑，等等。

二、小件佩玉多从日用工具发展而来，大部分还不完全脱离实用范围，如玉鱼璜可作小刀，玉觿可以解结。一部分又反映古代社会风俗习惯，特别生物如玉龙、凤，常见生物如玉牛、玉虎，和燕、雀、蛙、兔，龙、凤多用双线碾刻，制作异常精美，鸟、兽、虫、鱼等生物，多用平面透雕，刻法简朴而生动。

◎ 中国龙形古玉

玉材大致可分白玉和灰青玉二系，还有比较少量的绿色硬玉。材料来源有从本土较近区域内取得的，也有从万里外西北和阗昆仑山下河谷中取得的。属于本土生产的，古称蓝田出美玉，或以为即陕西长安附近的蓝田。从和阗河谷中采取的，可以说明我国古代西北的交通，实远在三千年前。采玉必有专工，并且用的还是女工人（不过有关这种记载，是在公元后七世纪的唐代才发现的）。

雕玉必用金刚砂，别名解玉砂，唐代贡赋名目中，忻州每年就贡解玉砂六十斤。周代只知道玉作有工正专官，主持生产。从河中采取的名"子儿玉"，大小有一定限度；从山上凿取的名"山材玉"，有大过千斤的。汉代虽已见出使用山材玉的情形，但直到公元后十三世纪，才使用大件山材玉。

周代前后八百年间（公元前十二世纪到公元前五世纪），雕玉工艺随同时代有不断进一步发展。主要是雕玉和中国初期封建社会，发生了紧密的结合，成为封建制度一部分。周代初年，虽把从殷商政府得来的大量宝玉，分散于诸侯臣民，表示有道德的帝王，把人民看得比宝玉还重要。但在公元前八世纪间，却出了个好探险、喜游历的帝王，驾了八骏马的车子，往中国西方去寻玉，直到昆仑山下，留下了一个穆天子会西王母的故事，影响到中国文学艺术和宗教情感二千多年，成为一个美丽神话传说的主题。

周代大型雕玉，由戈、矛、斧、钺衍变而成的圭、璋、璜、琮、璧，和当时青铜器中的钟鼎，都是诸侯王国分封不可少的东西，政治权威的象征，同有无比尊贵地位的。这种大型雕玉，特别是陕西出土，有可能是商周之际制作的薄质黑玉刀，一部分还依旧保持实用工具的作用，锋利坚刚，可以割切肉食。随后才成为种种仪式上的定型。器物中最重要的是圭、璧，既然是政治权威的象征，还兼具最高货币的意义。诸侯王分封，诸侯之间彼此聘问通好，此外祭祷名山大川、天地社稷诸神，婚丧庆吊诸事，都少不了要用到。后来加入由石庖丁衍变而成的玉璋、外方内圆近于机织衡木的琮、破璧而成半月形的璜，以及形制不甚明确的琥，玉中五瑞或六瑞的说法，因之成立。当时国家用玉极多，还特别设立有典守玉器的专官，保管收藏。遇国有大事，就把具典型性的重器陈列出来，供人观看。玉的应用也起始逐渐扩大了范围，到士大夫生活各方面去。商周之际，惟帝王诸侯才能赏玩的。晚周春秋以来，一个代表新兴阶级的知识分子，也有了用玉装饰身体的风气，因此有"君子无故玉不去身"的说法。并且认为玉有七种高尚的品德，恰和当时社会所要求于一个正人君子的品德相称，因之雕玉又具有一种人格的象征，社会更加普遍重视玉。这里说的还仅指男子佩玉。至于当时贵族女子，则成组列的雕玉环佩，已经有了一定制度。孔子删辑古诗时，诗中提起玉佩处就极多。花纹上的发展，则和同时青铜器纹饰的发展有密切的联系，大致可分作三个段落，即西周、春秋和战国。礼仪用玉如圭、璧，多素朴无纹饰，或仅具简单云纹。佩服用玉因金工具的进步，发展了成定型的回云纹和谷状凸起纹，和比较复杂有连续性的双线盘虬纹。佩服玉中如龙环、鱼璜，和牺首兽面装饰镶嵌用玉，一部分犹保留商代雕玉做法，一部分特别发展了弯曲状云纹玉龙。玉的使用范围虽明显日益广大，一般做工却不如商代之精。大型璧在各种应用上，已有不同尺寸代表不同等级和用途，但比较普通的璧，多具一定格式，以席纹云纹为主要装饰。有一种用途不甚明确成对透雕玉龙，制作风格雄劲而浑朴，作风直影响到西汉，还不大变。这种薄片透雕青玉龙，过去人多以为是公元前二三世纪间制作的，近来才明白实创始于周代，至晚在公元前六世纪，就已成定型。

中国雕玉和中国古代社会既有密切联系，玉工艺新的进步，和旧形式的解放，也和社会发展矛盾蜕变同时，实在公元前五世纪的战国时代。那时社会旧封建制度已逐渐崩溃解体，由周初千余国并为百余国，再兼并为五霸七雄，一面解除了旧的王权政治制度上的束缚，另一面也解放了艺术思想上的因袭。更因商业资本的发达流转，促进了交通和贸易，虽古语有"白璧无价""美玉不鬻于市"的成规，雕玉艺术和玉材的选择，因此却得到空前的提高。相玉有了专工，雕玉有了专家，历史上著名的和氏连城璧，就产生于这个时代。韩非著述中叙卞和故事说，平民卞和，发现了一个玉璞后，就把它献给国王，相玉专工却以为是顽石，因此卞和被罚，一只脚去掉了膝盖骨。后又拿去呈献，玉工依然说是顽石，因此把两脚弄坏。断了脚的卞和，还深信自己见解正确，抱着那个玉璞哭泣，泪尽血出，悲伤世无识玉的人。后来玉经雕琢，果然成一个精美无比的玉璧。司马迁作《史记》，说璧归赵国所有，诸侯都非常歆羡。秦王自恃兵力强大，就派人来取玉，并诈说用五个城市交换。赵王不得已，派蔺相如带璧入秦国，见秦王无意履行前约，因用计完璧归赵。故事流传二千余年，还十分动人。和氏璧真实情形已不得而知。至于同时代因诸侯好玉社会重玉成为一种风气后，而提高了的雕玉艺术，则从近三十年在河南洛阳附近的金村，和河南辉县地方发现的各种精美玉器，已经完全证实这个时代的雕玉风格和品质。花纹制作的精美，玉质的光莹明澈，以及对于每一件雕玉在造型和花纹相互关系上，所表现的高度艺术谐调性，都可以说是空前的。特别是金村玉中的玉奁、玉羽觞，和几件小佩玉，故宫博物院收藏一件玉灯台，和三四种中型白玉璧，科学院考古所在辉县发掘的一个白玉璜，一个错金银嵌小玉玦的带钩，无一不显明指示出，这个时代雕玉工艺无可比拟的成就。在应用方面，这个时期又开辟了两个新用途，一是青铜兵器长短剑，柄部和剑鞘的装饰玉，二是玉带钩。这两方面更特别发展了小件玉的浮雕和半圆雕。至于技术风格上的特征，则纹饰中的小点云乳纹，和连续方折云纹，已成通用格式。又线刻盘虺纹，有精细如发，花纹活泼而谨严，必借扩大镜方能看清楚花纹组织的。由于应用上的习惯，形成制作上的风格，最显著的是带钩上镶嵌用玉，和成组列的佩服玉，特别发展了种种海马式的弯曲形透雕玉龙。

极重要发现,是金村出土的一全份用金丝纽绳贯串起来的龙形玉佩。至于玉具剑上的装饰玉,又发展了浅浮细碾方折云纹,和半圆雕的变形龙纹(大小螭虎)。圆形玉璧也起始打破了本来格式,在边沿上着二奔龙和中心透雕盘夔。一般雕玉应用图案使用兽物对象,有由复杂趋于简化情形,远不如商代向自然界取材之丰富。但由于从旋曲规律中深刻掌握住了物象的生动姿态,和商代或周初玉比较,即更容易见出新的特征。换言之,雄秀与活泼,是战国时代一般工艺——如青铜器和漆器的特征,更是雕玉工艺的特征。雕玉重品质,选择极精,也数这个时期……近三十年这种种新的发现,不仅对于历史科学工作者是一种崭新的启示,也为世界古代美术史提示出一份重要新资料。

西汉继承了这个优秀传统,作多方面的发展,用玉风气日益普遍,但在技术上不免逐渐失去本来的精细、活泼,而见得日益呆板,因之比较简质的半圆雕辟邪,应用到各种雕玉上去,也起始用到玉璧类。汉武帝时,因西域大量玉材入关,配合政治上和宗教上的需要,仿古制雕玉,

◎青白玉立象　西汉

于是又成为一时风气。二尺长大玉刀，径尺大素玉璧，和礼制上六瑞玉其他诸瑞，汉代都有制作。由武帝到王莽摄政一段时期，祀事上用玉格外多。大型青玉璧中刻云纹或蒲席纹，外沿刻夔凤虬龙，制作雄壮而浑朴。大型璜块也刻镂精工，然终不如周代自然。这时期社会崇尚玉色，照古玉书所称，贵重难得的玉计四种：黑玉必黑如点漆，黄玉必黄如蒸栗，赤玉必赤如鸡冠，白玉必白如截肪，才够得上美玉称呼。但汉坟中发现的却多白玉和青苍玉。所谓白如截肪，即后世的羊脂玉，汉代小件佩玉中的盾形佩，和玉具剑上的装饰玉，都常见到。礼仪祀事用玉，则多用白、青和菜碧玉做成。又因大件重过百斤的山材玉起始入关，影响到汉代建筑装饰用玉也极多。政府工官尚方制作有一定格式的大型青玉璧，已成为当时变形货币，诸侯王朝觐就必需一个用白鹿皮作垫的玉璧。诸侯王郡守从尚方购置时，每璧得出五铢钱四十万个。因之也成了政府向下属聚敛的一种制度。宫廷中门屏柱椽间，则到处悬挂这种玉璧作为装饰。玉具剑上的雕玉，更发展了种种不同半圆雕和细碾云纹，风行一时。汉代重厚葬，用玉种类也更具体，有了一定制度。例如手中必握二玉豚，口中必有一扁玉蝉，此外眼、耳、鼻孔无不有小件雕玉填塞。胸肩之际必着一玉璧或数玉璧。贵族中有身份的，还用玉片裹身作玉甲。此外平时一般厌胜用玉，如人形玉翁仲，方柱形玉刚卯，在汉墓中都是常见之物。当时小件精美雕玉是得到社会爱好，有个物质基础的。西汉末通人桓

○ 青白玉镂雕赏菊图饰　宋至元

谭就提起过,见一小小玉器,竟值钱二万。当时山东出的一匹上等细薄绸料和绣类,还只值钱一万五千!

出土汉玉较多,后人玩玉,因难于掌握时代,于是都把它叫作汉玉,式样古旧一些的又称三代玉。定名也大都无确切根据。其实由商到汉,前后约十三四个世纪,雕玉花纹和形制,各代是不尽相同的。玉材也不相同。且因入土时间有长短,各地土质又不一,时代性和区域性,因之显著明白。照历史时代可分作殷商、西周、春秋战国和汉代。照风格分商和西周为一段,春秋为一段,战国到西汉初为一段,东汉为一段。但雕玉工艺虽有其时代性,却由于工艺传统也有其连续性,严格的区别还是不可能的。

○ 六朝　青白玉圆雕辟邪

中国好玉风气，和雕玉艺术，同汉代政治一样，结束于公元后一世纪左右。文献上虽还叙述到汉末名人曹丕、吴质等人用玉具剑作礼物赠答，但古代玉佩制当时即已失传，幸得王粲从当时博学的蔡邕学习过，才恢复典礼中的玉佩制。近年山东发掘汉末著名诗人曹植坟墓出土玉佩数种，制作简朴而无风格可言，也可以证实这个时代的确是中国古代雕玉艺术的衰落期。此后不久，到晋代，因鲜卑、东胡、西羌诸民族陆续入侵北中国，致做成中国雕玉艺术中绝期四百余年，直到唐代，才又稍稍恢复，发展了第二期由唐到清代近一千年来的雕玉工艺。虽同是雕玉，它的方法基本上也还是相同的。但花纹的构成，和在社会上致用的意义，有些和前一期雕玉，就已大不相同了。这个区别是需要另作叙述的。

故宫的建筑

北京有个天安门,建筑得生严、雄伟而美丽,我国人和世界上很多人都知道。

北京是以风格特殊的东方古建筑著名的。天坛、颐和园等建筑群都自成一个体系,具有独立的艺术风格;综合起来又

◎ 天安门

◎午门

如一个整体,从属于更大结构的要求,即全个北京城设计的企图。北京城的中心主题结构是紫禁城里的故宫。天安门只算故宫前沿突出部分的一座大门。由此向前还有中华门、正阳门等一线贯通直达最南端的永定门,这条既平且直如坻如矢的中心大道,和北京城一样,是五百五十年前明永乐定都时就安排好了的。由天安门向里走,还有端门、午门;午门才是紫禁城真正的大门,午门以内紫禁城统属故宫范围,现在是故宫博物院——世界著名的一所文化美术博物院。

午门是天安门以外另一结构,它在历史上的作用和古罗马凯旋门有些相同。在棕红色三丈高台上矗立起一长列九楹重檐大殿,有四个金顶重檐方阙楼环卫着,两道长廊把它们贯串成一个整体,显得端重而严肃。午门下边东西两廊,清代文武官员多在此候朝。皇帝坐朝时,午门两旁阙楼即钟鼓齐鸣。

◎太和门

　　紫禁城是一个方形,南北长三百三十六丈,东西三百零二丈九尺五寸。共有四门,各有雄伟高大的门楼,四角还各有转角楼一座,结构壮丽而秀拔。

　　进午门是金水桥和太和门。金水河如一条曲折白玉带子横勒广场,五座白石桥一排展开,门前有一对雄伟威猛的青铜狮子,周围用长廊环抱。太和门平台虽不怎么高大,迎面看来格局却十分壮观。门后广场尽头便是故宫主要建筑三大殿。

　　太和殿是过去帝王坐朝问政的"金銮宝殿",宝座现在还金漆煌煌。这座殿地位高旷宏敞,殿基高二丈,殿屋高十丈,广十一楹,纵深五楹。重檐垂脊,前后有金铜饰门和琐窗。殿脚用三层白石台子围绕三层白石栏杆,每一阶段都排列着几个大炉鼎，殿前还有金铜铸龟、鹤、香炉和大缸。广场东西各有一座双层高阁，用六十四间廊庑连接。从建筑工程看来真够得上说是堂皇庄严，气象万千。其它两殿中，中和殿规模略小，保和殿高大可比太和。

保和殿北入乾清宫门，门前格局小而精美，琉璃八字花墙经过二百多年还如崭新，这里已临近帝王平时起居地方。西庑一列靠墙小房子，五十年前军机大臣就在这里住宿办事。东西六宫是帝后居住地方。

乾清宫是清初诸帝起居寝殿，乾隆以来多在这里召见奏事大臣。后边交泰殿，屋顶藻井雕刻特别精美。清代帝王在这里举行婚礼，殿后坤宁宫，是婚后暂住的地方。

御花园在故宫最后地区，五十年前只有帝王一家人在此饮酒喝茶赏花玩月，现在已成了游人休息地方。御花园有很多珍奇花木，其中几株阅世多、上了年纪的老树木，大都经过明清两个王朝的兴废。

◎ 太和殿

◎站在景山上，俯瞰故宫

出御花园后面的神武门，可上景山。从山顶的五春亭鸟瞰北京全城，极目远望，天坛祈年殿和西城大白塔都收入眼底，近处的北海琼岛和整个故宫建筑群，更是历历在目。向后看，在中心轴大道上还有钟楼鼓楼各一座，从万户人家绿树丛中巍然高耸。

古人说，登高远望，使人心悲。现在登临景山，则只会引起人大好河山的亲切感，为的是这个伟大都城并不因为古老而衰颓，事实上正在返老还童，永远有青春活力注入，使它越来越美丽、越年轻！

塔户剪纸花样

湘西农村绣花的样子,在刊物上介绍,我们常把它当做一种美术图案看待,但是在另外一些地方,许多年以来,是用作绣花底稿,配上颜色美丽的丝线,使用各种不同的技法,反映在百十万农村青年妇女身上,装点着她们青春的生命,因之丰富了当地广大人民生活情感的!

这种花样向例是人民自己的创作。应用范围广,要求多,而且要求好,才从手巧心灵的群众中,产生专业性的技术。并且在某些区域,还逐渐发展形成一种小规模的特种手工业生产。以湘西地区而言,由浦市赴凤凰的老驿路上,就有这么一个小村子,名叫塔户,地方属沅水中流泸溪县管辖,距湘西苗族自治州的首府吉首不多远,住上约三十户人家。他们数十年如一日,把生产品分散到各县大乡小镇上去,丰富了周围百余里苗汉两族年轻妇女的生活。它的全盛时期,一部分生产品还由飘乡货郎转贩行销到川黔邻近几县乡村里去,得到普遍的欢迎。

这种花样北方人通名"剪纸"或"窗花"，湘西人照习惯只叫它做"扎花"或"锉纸"，制作方法有的用小剪子铰成，有的先把纸张钉固在一片木板上，再用小锉刀仔细戳镂而成。两种做法都得经过另外一道加工手续，用细针在纸面上刻扎许多针孔线路，提示绣法和重点，才算完功，应用既和人民日常生活关系密切，因此多是民间熟习的传统图案。

反映青年男女爱情的，有"鸳鸯戏荷"、"丹凤朝阳"、"鱼水相怜"。反映家庭幸福愿望和生产发展的，有"喜鹊噪梅"、"宜男多子"、"五谷丰登"、"瓜瓞绵绵"。反映故事传说的，有"和合二仙"、"刘海戏蟾"。植物中常用的是荷花、牡丹、梅、兰、竹、菊、萱草、百合，以及象征多子的石榴，象征长寿的桃子。动物除常见的喜鹊、凤凰、蝴蝶、蜜蜂、猫儿、兔子，还有宋朝和明朝一直流传下来的狮子滚球和麒麟送子。主题虽常有雷同内容变化可极多。花式多健康而活泼，大部分具有人民艺术特征。

在华北，一般剪纸窗花都近于年画，还保留古代"人日华胜"的本来用意。如用小说故事人物做主题，又和灯影子戏发生联系。湘西花纸以四十年前而言，从"华胜"发展而成的，名叫"神福喜钱"，每到年下，一般人家的门楣灶头，猪圈茅房，无处不贴到。此外，船上、货担、犁锄上也贴到。普通用红纸，讲究的用洒金红或明金纸，有丧事人家用粉蓝纸。这种"喜钱"和"历书"及木版彩印的"门神"，西游三国章回小说上的故事画,早已共同形成一种有季节性的商品,每到十一月前后,就由宝庆纸客从常德沅陵大生产单位贩运而来。

至于纸花,它的作用和古壁画的粉本,印花布用的皮板片,反而有些相通,都只是完成某种艺术设计的稿子。这种花样的需要量虽然相当大,一年到头经常有主顾,不过由于单价低,分散面又广,始终不能形成城市商品的条件,因此,生产也始终在乡村里,情形还恰好和其他小手工业商品相反。当塔户花样流行时,三厅城中的针线铺为便利主顾,争做生意,还得从飘乡货郎手中批买塔户花样,连同发售。这种花纸既然吸收了乡村妇女大部分的剩余劳动力,也就增进了他们的爱美情感,并且还和当地人民实际生活发生联系,论作用,自然远比年画和窗花意义重要得多,也复杂得多。

塔户花样有代表性的,是妇女围裙上角当胸部分,衣袖和裤脚,鞋帮和枕头,男子装钱钞用的抱肚和小褡裢,小孩的口水搭和兜兜帽。它能够成为一件艺术品,不仅必须和妇女的剩余劳动力相结合,还必须和他们的青春情感愿望相结合。围裙、衣袖和裤脚,是每个乡村女子衣饰中不可少的,有了它,生产劳动,逢年过节,送亲吃喜酒,到处都显得花花朵朵,光景热闹了许多。青年情感活泼起来,于是随同这种热闹欢乐情景,当地很多好听的山歌,都从年轻男子口中唱出来了。因此,做它时,就必然怀着种种快乐的愿望。抱肚褡裢却是在另外一种情形下,绣来赠给丈夫或情人的。一针一缕的彩线,绣到材料上面时，必然同时也交织了她们的爱情。等到小孩子出世，满了周岁，快要独立走路了，正需要一顶小小花帽和一个口水搭，于是做母亲的，又用人间共有的伟大母性的慈爱，连同各种彩色的丝线，对于孩子将来的幸福希望，一同织到花朵中去。这样来认识理会这些刺绣品的产生过程和意义，我们才会明白，西南各地的刺绣蜡染，能够如此精美，原来是由那些具有高度艺术创造热情的劳动人民培育起来的。

花样最有性格的是围裙当胸部分。照本地风俗习惯，不论生产劳动，或是出门做客，都常在衣上罩一条围裙。用意本来是便于洗濯，不至于把衣服弄脏。但是一个年轻人，对于美观色彩有天然爱好，过于素朴总不合式。求两全其美，于是一般围裙都加上一点花。

技术上处理可以分作两大类：凡使用挑花法的，多在料子一定部位间，作几何纹放射式图案，通常都不需要底稿，作图样不是从亲戚邻里妇女中相互传习，就是趁乡村市集，到场头上去请卖花样子人帮忙，临时在布料上用粉线弹出个大样，拿回家中创作。既不必受底稿严格拘束，可在一定部位上发挥，年轻人想象力旺盛，又手巧心细，大胆好强，自然容易出奇制胜，花样翻新，产生种种健康美丽的作品。特别是配合色彩，或大红大绿，或单纯素朴，各随性情爱好，各见长处。挑花法更宜于表现放射式的方圆图案和带子式连续图案，作时可简可繁，又不必限定时间，工余饭后，随时随处，一面谈天一面都可以拈上手来戳它几针。一个好事同伴,也可抢过手来在空处加点小花。因此留下的作品,不是别有风趣,就是格外精美。单色挑绣又不怕洗濯。即或用的是单色挑绣,图案也十分好看。这种完全出自人民手中创造的美术品,遗留在西南各省乡村中,比任何其他一种民间艺术,还更有丰富内容,值得艺术工作者和文物工作者注意留心。

挑绣法也有用到比较大件布料上的,如像裙子、帐檐、床围和被面,如采用的底样是大折枝花,改用挑绣法来做时,有的就把整部分花朵,用径寸大的连续方胜格子锦纹拼合完成。在处理技术上,显得格外巧妙,它的本来,还是从宋式"衲锦绣"发展而成(这种做法,也流行于四川,有做得极精美的。现代生产外销大型挑花床单桌单,还值得参考取法)。

塔户花样主要是供给乡村绣花使用。绣花和挑花比,形式上似乎简单,其实技术复杂。写生、折枝、配色有一定规矩,掰线有种种手续,针分大小,绣法更是多种多样。有了好底稿还不济事,必需通过好针脚。但是照乡村爱美习惯,生色折枝花鸟,实在比挑花图案更符合多数人对于美的要求。同时潜伏在农村青年妇女情感中的艺术表现欲和克服困难的毅力,都十分强烈旺盛,因此总是不怕麻烦,一代又一代继续有所创造。塔户花样能够流行数十年,原因就是底样格外精美,能满足农村需要。

此外在各地乡村中,也有非职业性的巧手打样的人,平时得到尊重，逐渐转成职业，长年背了个竹篾箱笼，四乡走动，靠此为生的。这种人如会作种种大样，每到逢场日期，场头市尾小摊子边，必围绕着好一片人群。我们试设想用家庭手工业生产的土染月蓝布来做围裙，绣花线料用的是三红、二蓝和豆绿、栀子黄丝线，采用分段铺绒法处理枝叶，结子琐丝法处理花朵，完成后再在领扣间安上一个径寸大小白亮亮的捶银蝴蝶，系腰部分用的不是手指粗麻花铰银丝链，也是一条油绿色斑花鸡肠带，两角间缀上一双银鱼铃，这么一件好看的围裙，围在一个二十上下年纪的健康快乐年轻女子的胸前，全部的艺术效果，应当是不用说也容易明白。这种民间艺术的成就，是剪花样子的人、飘乡银匠和绣花的妇女共同的劳动成就。健康美观的形象，华丽调和的色彩，一定会使善于学习的设计民族歌舞服装的朋友得到很多启发。

图书在版编目（CIP）数据

向阳而美 / 沈从文著. -- 北京：中国画报出版社，2021.9（2023.10重印）

（美学大师课）
ISBN 978-7-5146-2015-3

Ⅰ.①向… Ⅱ.①沈… Ⅲ.①散文集—中国—现代 Ⅳ.①I266

中国版本图书馆CIP数据核字(2021)第117439号

向阳而美
沈从文 著

出 版 人：于九涛
策　　划：许晓善
责任编辑：赵世明　许晓善
责任印制：焦　洋

出版发行：中国画报出版社
地　　址：中国北京市海淀区车公庄西路33号　邮编：100048
发 行 部：010-88417418　010-68414683（传真）
总编室兼传真：010-88417359　版权部：010-88417359

开　　本：32开（787mm×1092mm）
印　　张：8
字　　数：160千字
版　　次：2021年9月第1版　2023年10月第3次印刷
印　　刷：三河市金兆印刷装订有限公司
书　　号：ISBN 978-7-5146-2015-3
定　　价：59.80元